出ていけ、と言われたので
出ていきます5

ギュスタヴィア
エルフの王族。遺跡の地下深くに封印されていたところ、イヴェッタが偶然封印を解いてしまった。300年振りに故郷へ帰還し、王位を簒奪後イヴェッタと結婚した。
マリエラ・メイ
元公爵令嬢だったが、ある事件をきっかけに孤児になる。その後、魔力の素質を認められて、男爵家の養女となった。
イヴェッタ・シェイク・スピア&三毛猫
第3王子の婚約者だったが、婚約破棄されたことで冒険の旅に出る。ギュスタヴィアと結婚し現在はエルフの国の王妃に。
主な登場人物

カーライル
ドルツィア帝国の若き皇帝。ヴェンツェルに石化された国民を助けるため、お使いとして料理集めに奔走することに。
スカーレット
ルイーダ国の王妃で、「神の切り花」に依存した国政を行う国王テオと意見が対立。神よりも人の力を信じている。
ヴェンツェル
ドルツィア帝国に突然現れた自称美食の神。国民の石化を解く条件として、カーライルに美食を要求する。

Contents

枝豆ずんだ

イラスト
緑川　明

プロローグ　「蜂の女王」

蜂が花の蜜を集め続けるのなら、神の花の蜜を盗り続けた蜂はどうなるのだろう。


夜空。

揺れる海上にて、満天の星を見上げる少女。月明かりで黄金に輝く髪に、目つきはやや上がり気味で気の強い、というよりはどこか性格が悪いのだろうと人に思われそうな印象を与えた。

その少女が気になるのは、なぜ星の数は神の名より多いのだろうかというところ。空の星は神々のおわす宮だという。

少女は国のために祈ることが多かった。それであるので同じ年頃の少女たちより、神学に長けていて、自分が口に出せる神々の御名は、見上げる星よりもずっと少ないことを知っている。

ではあの星の宮の多くは、神がお住まいになっていないのか。

あるいは、まだ人の知らぬ神の御名があるのだろうか。

「公女様。またこんなところにお一人で……もうとっくに、王子殿下のパーティーは始まっているのですよ。さぁさぁ、笑顔を。目じりをそんなに強くしてはいけません。ドレスを、そう、ふわっと、花のように柔らかくなさいませ」

考え込む少女に、侍女が声をかける。

ルイーダ国の王子様のお誕生日会。

わざわざ海上で開くなど、この国のどこにそんな余裕があるのだろうか。この日のために作られた船は、海原(うなばら)に出ることを目的にはしていない。ただ港に浮かべてゆらゆらと足元を揺らすだけのパーティー会場。給仕たちは水夫の格好をしているが、それはただの余興のようなもの。実際、彼らは貴族に仕える使用人で、海の知識があるものは皆無だ。

少女はただ呆(あき)れた。あまりにも馬鹿げたお祭り騒ぎだ。

自分が着ているこの煌(きら)びやかなドレス一枚で、領民の何人が子供を死なせずに冬を越せただろうか。

だが少女は、自分が着飾る意味を理解していた。

仕留めてこいと。父である公爵の仰せ。

ライバルになりそうなのはキファナ家の公女くらいだったが、少女は自分が選ばれることを分かっていた。

少女は自分がどれほど着飾っても、他の少女たちより美しくなるとは思っていない。だがそんなことは自分を不利にしないことも分かっていた。

何しろ王子は国で最も美しいと評判だ。黄金の髪に緑の瞳。毎日鏡に映る自分を見ている者が、今更他人を、自分より劣る存在を見て心を動かされるだろうか。

しかし侍女も、母も、父も、誰もかれも、まず女は美しくあるべきで、それが最も重要な資質であると信じていた。

「愚かなこと」

少女は溜息をつく。

この国の王妃に必要なのは美しさなどではない。

必要なのは国を立て直し、皆を導くことのできる指導者の資質だ。

少女は美しい王子が、その美しさだけではなく優秀さから後継者に選ばれたことを知っているが、それでも、そのちょっと優秀な程度の王子一人が立て直せるほどこの国の状況は楽観視できるものではないと判断していた。

親の言いなりでにこにこ微笑んでいるだけの娘たちに、王妃が務まるものか。

「では己になら務まると？」

「!?」

「おいおい、なんだ、小娘。尊い身分の淑女の装いをしているくせに、どこにそんなものを仕込んでいた？」

知らない男の声が耳元で聞こえたので、少女は躊躇うことなく、袖の内側に隠し持っていた針を振るった。

声の聞こえた高さから、相手の目、あるいは頬を傷付けられると思った。が、少女の手首は容易く掴まれる。相手をか弱い令嬢だと侮っていたような口ぶりで、こちらの抵抗を易々と防いだ男は青い髪をした背の高い男だった。

「無礼者ッ」

気付けば侍女はいない。波の音がする。

ぼちゃんと、頭の中で何か聞こえたような気がするが、口うるさく古い考えを持った父の愛人でもある女の安否を気にするより、少女は目の前の相手を警戒することに集中した。

「お前たちの言う身分というものによれば、高位の者は下位の者に何かしても、それは無礼にはならんのだろう？　俺はお前たち貴族が、領地の人間を裸にして頭に火をつけたことを知っている。俺はお前たちが、泣き叫びながら走る領民を笑って眺めていたのを知っている」

そういう貴族もいるにはいる。

だが少女は自分がそんな、人的資源管理もロクにできていない無能と同列にされることは心外だった。

「すごい目つきだな」

「この顔は生まれつきです」

「そうか。そんな目つきの赤ん坊もいるのか。人間は面白いな」

睨（にら）んでいるつもりはなかったが、相手はそう思ったらしい。

そして少女は、この不審者が自分を人間と分類したことに気付いた。それは、男が人間ではないという言外の通知でもある。

「……悪魔か。若い娘を誑（たぶら）かす海魔の話は聞いたことがある」

「言うに事欠いてそちらか。お前は俺の神々（こうごう）しさが分からんのか？」

「光り輝くのは天上の月と星。お前の輝きなど海面を照らす人の明かりほどもない」

「海の中は照らせるかもしれんぞ」

「何を」

戯言（ざれごと）を、と、少女は一蹴（いっしゅう）しようとした。

だがその途端、ぐらりと足元が、正しくは馬鹿騒ぎの会場となっていた船が、転覆した。

1章　ドキドキ☆ドルツィア帝国、崩壊寸前！　～俺が何をした～

「選んでよいぞ。皇帝」

目の前には男が一人。にこにこと、顔ばかりはどこまでも「親切をしてやっている」と満足げなご様子である。

ドルツィア帝国では、皇帝というのはどう考えても「とても偉い」立場だ。

だというのに、カーライルが本来座るべき玉座に足を組んで座っている大柄な男は、皇帝という言葉は小間使いか奴隷の別の言い方だと思っているような口ぶりである。

カーライルは多くの権力者がそうであるように、暗殺者を向けられる心当たりはあった。けれど謁見(えっけん)の間に、夜間とはいえ堂々と姿を現す暗殺者がどこにいるだろうか。

青い髪に青い瞳の大男。謁見の間にはカーライルの他に多くの家臣がいたが、今は全員石になったかのように動かない。

男が人ならざる存在であることは疑いようがなかった。

イヴェッタ案件か？

即座にカーライルが思い浮かべたのは、今は遠いエルフの土地にいる女友達のこと。イヴェッタ・シェイク・スピアこと歩く災厄は神々に愛されているので、関わった人間を悉く破滅させて人間世界を出禁になった。

そのまま二度と人間社会に戻ってくるんじゃないと、イヴェッタの結末を知る人間は心から願っているのだが、カーライルはいざという時の切り札にと、彼女との友情を続けている。

「……と、おっしゃいますと」

相手が神か悪魔か魔族か知らないが、人間を見下すことが当然だという価値観の相手に、カーライルはひとまず大人しく頭を下げた。

これまでの短いが濃い人生の中で、人間のプライドや意地など寿命を短くするだけの無駄なものだという価値観があるので、そうした振る舞いに抵抗はない。

「この辺り……お前たちが一つの大陸だと認識しているこの辺りの土地を、一度沈めてしまおうと思っている」

よし、こいつは悪魔だな。

カーライルは確信した。悪魔なら倒していいな。

夜半、突然現れて世界滅亡の宣言をするなど、悪魔以外の何者でもない。

「しかし、私は慈悲深い神であるから」

「ロクな神がいないのか、この世界は!!」

「なんだ？」

「いえ、なんでもございません」

にこり、とカーライルは笑みを浮かべて首を振る。話を遮ってしまったことへの謝意を示すと、人間の言葉なぞそもそも意味を持つ音として認識していないのだろう、自称神は話を続けた。

「罪を償う機会を与えてやるべきだと考えている」

自称神様は自称「美食の神」だという。名はヴェンツェル。

まぁ、嘘だろうな。偽名だろうな。

そんな名の神は聞いたことがないし、そもそも「食」の神など、矛盾している。神とは人間ではない存在で、何かを食べることがあるわけがない。物を食べることができるなら、それは神ではなくて人間だ。

悪魔が神を自称してくれていればまだマシだが、多分本当に神なんだろうな、とカーライルはうんざりした。

罪というのは何だろうか。カーライルは一応考えた。神々にとって興味があるのは、イヴェッタ・シェイク・スピアのような「特別な存在」だけだ。それ以外の人間にはなんの興味もないくせに、我々の行いに対して「罪」だと決めてくれるだけの関心があったのか。

「あら、それならカーライル様がお使いをすればいいじゃありませんか」

艶(つや)のある黒い髪を肩口で綺麗(きれい)に切り揃(そろ)えた女友達は、カーライルの必死の懇願に対してにこにこと、目元も口元も心底楽し気に緩めて言い放った。

「お前、俺のことが嫌いだな？」

「まぁ、そんなこと。カーライル様がわたくしのことをお嫌いなんでしょう？」

あらあら、まぁまぁ、と人の反応を楽しむ女。菫(すみれ)色の瞳の美しい友人は1年ほど前に結婚して、エルフの国の王妃になった。

名をイヴェッタ。向けられる微笑みと声音はどこまでも花が揺れるような柔らかさがあるが、その言葉を意訳すれば『嫌うほどあなたに興味がないのだけれど？』ということだとカーライルは分かっている。

この世で一番性格の悪い女に頭を下げに、わざわざエルフの国になんぞ来たのにはわけがある。

「しくしくしくしくしく……チラ。……しくしくしくしく」

……わざとらしい。泣き真似なんかして恥ずかしくないのだろうか。と、呆れと疑問が浮かんでくるが、カーライルはそれを口に出せるほど考えなしではない。

イヴェッタの向かい側に座るカーライルの右隣にいるのは、一見すると王族か貴族かと思うような、品のある青年。海のように青い髪に、青い瞳の美丈夫。しおしおと全身で悲しみを表現しながら、時々ちらちらとカーライルの方を見てはウソ泣きを続けている。

「しくしくしく。あぁ、麗しい憤怒の竜の化身よ。私は悲しくて仕方がない。一体なぜ、どうして、このように悲しいことが起きているのだろうか」

「えぇ、えぇ。本当に。お気の毒ですわねぇ」

めそめそと泣く神を前に、にこにこと全くもって心にもない同情をうわべだけ口にできる人間なんぞ、イヴェッタ・シェイク・スピアくらいだ。カーライルはただの人間なので、まだそんな命知らずな振る舞いはできない。

そう。数日前に突然、自称美食の神だというこの男が現れて、ドルツィアの国民を全て石化しても、平凡な男であるカーライルは喚き散らしたい気持ちをぐっと堪え、下手に刺激しないように細心の注意を払ってきた。

神々関連ならなんとかしてくれるかもしれないと、遠路はるばるエルフの国を訪れたが、あいにく美食の神はイヴェッタ・シェイク・スピアにそれほど関心を示さなかった。

「……いや、そもそも。なんで俺なんだ。なんでうちの国がこんな目に……俺は全く、関係ないだろう……」

ここでこの神をイヴェッタに押し付けられないと自分が困る。当てが外れてカーライルは苛立ってきた。

「なんで？　とは？」

「なんで……だなんて……ねぇ？」

しかしカーライルのぼやきに対して、神と神に愛されし女の反応は揃って「きょとん」と、瞬きをして小首を傾げる、というものだ。

「私がそうしたいからそうしているのだが？」

「まぁ、カーライル様……そんな。神々のなさることに……人間に対して納得できる理由なんて……あるわけないでしょう？」

神をなんだと思ってるのか、と、心底呆れられる。

……カーライルはぎゅっと目を閉じて顔を上に向けた。

こいつらを殴れない理由はなんだろうか。あぁ、俺が凡人だからか。

「私は美食の神ヴェンツェル。私は悲しい。なぜあの国では……あのような料理の数々が作られてしまったのか……許しがたいことだ」

と、青い髪の神。ヴェンツェルは何度も同じ言葉を口にする。

さて、この美食の神ヴェンツェルの嘆きの理由は、つまりはこういうことである。

イヴェッタ・シェイク・スピアの生まれた国ルイーダ。イヴェッタの卒業式の後のパーティー会場にて振る舞われた様々な料理の数々は、当時は神の国と呼ばれ栄華を極めていた国に相応しい美食の祭典であった。

人間だけが作り出すことのできる美食をヴェンツェルは愛し、美しく美味なるものを愛でる、少々変わった神で、実際のところ司る権能は美食ではないらしいのだが、本人（神？）は「私は美食の神です」と名乗っている。

他の神々が指摘しない限り、人間が「え、いや、違いますよね。あなた、確か……」と言っても意味がない。

とにかくその自称美食の神ヴェンツェル様。イヴェッタの卒業式の後のパーティーで振る舞われる料理を大変楽しみにされていた。

のに。さて、結果はどうであったか。

食べたものが死ぬ呪いをかけられていた。毒という単純なものではない。カーライルが調べたところによれば、王妃スカーレットの執念と言うべきか。毒ならば解析される。口にしたものが苦しみもがき、死に向かうようにと、わざわざ料理に関わる人間たちを呪って、殺して、恨みを練り込んだらしい。

結果として、その料理で死者は出ていないが。死んでいないから良かった、というわけでもない。死ぬはずのものが死なない状態で維持されただけで、それは冥王の仕業という、またややこしいことが起きているらしいのだが、それはまぁ、今はどうでもいいとして。

「毒ならばよいのだ。しかし、呪いなど！　あまりにも醜い！　毒は美しい。口に含んですぐに発覚するようなものではなく、味に紛れさせ、色を整え、匂いまでも誤魔化すほどに手の込んだ毒であればよい！」

毒殺はオッケーという神様の基準をカーライルは分かりたくはないが、自称美食の神様的には、折角の素晴らしい料理は王妃スカーレットの呪いによって台無しにされた、とそういう判定が下ったそうだ。

へぇー、そーか。ふーん。

なぜそれで、自分の国が石化させられなければならないのか。

「私は神だが、許すことも知っている。罪人が心から悔い改めるのであれば、許すつもりがある」

汚された料理の代わりに、七つの料理を捧げよ。

でなければ大陸を沈める。

……カーライルはルイーダの王妃と面識などないが、それでも王妃は自分のために呪いの料理を必要としていたのであって、別に美食の神のことなんぞ考えてもいないし、なんなら勝手に恨まれるなど、たちの悪い当たり屋もいいところだと思うに違いないと予想はつく。

だが神々は、人間の思考にも行動にも興味関心がこれっぽっちもない者どもだ。

自分たちが傷付いた！　裏切られた！　なんて無礼な者どもなんだ、と勝手に決めてかかって、騒ぐのだ。

「それにしても、憤怒の竜の化身よ。あなたの友だというこの男は、頭が悪い。私の信徒に選ばれた栄誉を噛み締めるべきだろう。感涙に咽び、地に臥して、私のしもべになれたことを感謝し魂を捧げることができないなど……一国の皇帝であるので、それなりに知性はあるものと思っていたが」

信徒としもべは神の中で同じ意味らしい。

カーライルはイヴェッタの侍女が入れてくれたハーブティーを飲むことで頭痛をやり過ごした。

「……俺のような頭の悪い人間などに何かさせようとするより、イヴェッタ・シェイク・スピア。あなた方のお気に入りの彼女にさせればいいでしょう。そもそもルイーダは彼女の故郷だし、そもそも……！　その呪いの料理も、スカーレット王妃も……！　全部、しっかり、がっつり、こいつが当事者だろうが……！」

ドルツィアは現在、それなりに復興していたのだ。

カーライルが自身の政敵と認めた連中を容赦なく粛清し、貴族たちのため込んだ財を遠慮なく国のために消費させ、金持ち連中の恨みを大量に買い続けた結果、滅亡しかけたドルツィアは餓死者が出ることもなくなった。

……良い皇帝になろうとしているわけではないが、国を破滅させた皇帝として名を残したいわけではない。

どうせ神なぞ祈っても何もしてくれないのだから、関わりたくない。なのになぜ、自分が巻き込まれなければならないのか。

あまりに理不尽だ！

「それが何か？」

「それがどうした？」

再び、二人揃って仲良く小首を傾げる。

「憤怒の竜の化身はハデスの娘、つまりは私の姪のようなものだ。身重の姪を人間の悪意に近づけるわけがないだろう」

「俺が非常識判定か!?」

カーライルは後悔していた。なぜイヴェッタのところに連れて行けばなんとかなる、だなんて思ったのだろうか。いや、与えられた情報的に、自分の判断はそう間違っていなかったはずなのに、はずなのに、問題は全く解決しない。

「えーっと、つまり、そっちの、人間種の男、人間種の国の皇帝をやってるあんたが、この神を引き取ってくれるってことでいいんだよな？」

「……」

「えぇ、そういうことになりますね。ロッシェさん」

「そりゃ良かった。遠征中の陛下になんて報告すりゃいいか頭を抱えてたんだ。王妃殿下のご友人が男で、しかも神を連れてきたなんてどう証拠隠滅をしたもんかと。いやぁ、良かった良かった」

朗(ほが)らかに笑うのは金髪の大柄なエルフ。

王宮付きの魔術師ロッシェと、そう紹介はされている。ドルツィアが国交を求めた際に外交官として出てきた男で、その時は威圧と威厳を感じたが、今は随分と気やすい。

国王ギュスタヴィアが国を離れている最中は国王の代理でもあるらしい。

しかしカーライルの経験上、こういう男ほどうさん臭くて信用ならない。言っていることも、要するにカーライルに色々押し付けて解決だ、という意味だ。

「いやぁ、良かったよ。王妃殿下の祖国だから、それなりに情報は集めてるんだがな。あっちは色々大変らしくて、俺たちの大切な王妃殿下が巻き込まれちゃ、親愛なるエルフの国王陛下に申し訳ない」

「……色々大変、とは？」

「色々は色々さ。いやぁ、実に勇敢な皇帝陛下だ！　あんなところに……呑気に「神に美食を捧げよ！」なんて飛び込みに行くなんて！」

笑っていないで、せめてヒントくらい貰えないだろうか。

勇敢だ、勇者だ、と讃えはするが、具体的なことは何一つ言ってこない。

「……というか、イヴェッタ。お前は自分の祖国が色々大変だ、と聞いても心配じゃないのか？」

カーライルはこの場で唯一の自分と同じ人間……いや、まぁ、厳密には違うような気もしなくはないが、一応人間だと思っているイヴェッタに協力を求める。一緒に来る気がなくても、情報を引き出す手伝いくらいしろ、と。

「心配……と、言われましても。わたくし、祖国を出禁になっていますし……父母も兄たちも、自分のことは自分でできる方々ですもの。嫁いだ娘があれこれと心配するなんて、失礼でしょう？」

「ウィリアムがいるだろ。色々大変、の中に、絶対に含まれてるぞ、あいつ」

国が荒れていることはカーライルも知っているが、ロッシェが言うのは「それ以上の何か」だろう。

確か王妃と対立して、第三王子ウィリアムが王位を狙っている、とそういう話までならカーライルも聞いている。

一応かつての婚約者。イヴェッタやウィリアムの雑談から、それなりに親愛のようなものもあったのだろうと思うのだが。

「……」

一瞬、イヴェッタの菫色の瞳が揺れたようにカーライルには見えた。しかし目の錯覚だったのではないかと思うほどに短く、次の瞬間には以前通りにこにことした表情を浮かべている。

「ウィリアム殿下は、わたくしなどに心配されたくはないと思いますよ」

「ですが、えぇ。まぁ。一つ。お手伝いはしましょう」
恥を知る女ではないようだが、それなりに思うところはあるようで。

カーライルが観念して遺書をドルツィアの側近宛てにしたためる間、暇を持て余した神をもてなすつもりになったらしい。

真っ白い前掛けに白いほっかむり。つまり、料理をしようというのである。

「……憤怒の竜の化身が？」

さすがにこれには、ヴェンツェルもわざとらしいウソ泣きを止めて真顔になる。

「……」

下と上に交互に視線をやって、一度目を閉じてから「感想を伝える、ということで手打ちに」と、何かぶつぶつ言った。

「ヴェンツェル殿はイヴェッタに興味がないのですか」

カーライルはふと聞いてみた。神の切り花、竜になる女と、ややこしい女友達のあれこれを聞いている身として、それなりに好奇心がある。

聞くと神は目を細めて、首をゆっくりと横に傾けた。

「ないな」

「神様なのにですか」

「あれは新時代の神の願望だ。私も花を愛でたことはあるが、あれらは皆、枯れた方がよい」

「そういうものですか」

「そういうものだな」

妙な違和感。相手の言葉をそのまま信じればいい単純なことが、一瞬カーライルにはできなかった。

相手が嘘を言っている、と思ったわけではない。何か妙な感じがした、とこれは勘のようなもの。けれどそれが何かを判断する前に、ぽん、と目の前に何か置かれた。

林檎(りんご)だ。

真っ赤で艶のある、手のひらに乗るくらいの大きさ。爽(さわ)やかな匂いが鼻孔をつく。

「……このまま食べろと？」

「まぁ、一国の皇帝陛下が林檎を丸かじりするなんて」

神と皇帝への「もてなし」がまさか丸ごと林檎を一つ、皿にも載せられないものだとは思いもよらない。カーライルがイヴェッタを見上げると、はい、と、イヴェッタの隣に立っている侍女からナイフを渡された。

「皮はそのままでいいんですけれど、八等分に切っていただけますか。わたくし、緊急時以外は刃物を持つことを禁止されていますの」

「王妃様が刃物を持つなんて……もし万一、小指の爪の先ほどでも怪我(けが)をなさったら……」

「切り傷ごときで大げさな………──どうなるんだ？」

「よくてナイフを作った鍛冶職人の住む区域が焦土となる、くらいはするかと……」

侍女の目は冗談ではなくて本気だった。

国で大事にされているというより、腫れもの扱いされていないか。

カーライルは言葉を飲み込んで、言われた通りに林檎を切る。

「まぁ、ありがとうございます」

にこにこと花のようにイヴェッタが微笑む。それを神が眺めている。

「……そもそも回りくどいんじゃないか」

なぜルイーダに料理を探しにいかねばならないのか。

「ここには豊かなエルフの国の食材があるし、神々のお気に入りのイヴェッタ・シェイク・スピアがいるじゃないか。こいつが祈って料理を七つでも八つでも作らせて神々に捧げればいいんじゃないか」

カーライルからすれば、それはとっても良い考えのように思える。けれど神々の行動は理不尽で、どうにもこうにも、人が納得できる道理などない。

気の毒な皇帝陛下は、綺麗に切られた林檎が、バターをたっぷりと溶かした平鍋の上に並べられ色が変わっていくのを眺めた。

美食の神がお怒りだ。それで、七つの料理がいる。

適当にルイーダの人間を見繕って、なんでも作らせてさっさと終わらせればいいか。それあらばそう難しくはない。

「貴様それでも人間種か？」

「……俺の心を読むのを止めていただけませんか」

「まさか、料理というものを分かっていない人間種がいるとは……嘆かわしい」

はぁ、と、ヴェンツェルは大げさなほど大きな溜息をついた。

カーライルにとって「料理」とは食材を加工して食べられる状態にすることだ。栄養補給、体を動かすために必要な作業であるとも思っている。

もちろん為政者であるから、贅沢を尽くした豪華な料理が権力者の話し合いの場では有効であること、記念ごとに何かしらの意味を込めて作るなど、意味の重要性も分かっている。

だが、料理とは所詮、誰にでもできるただの食材の加工だ。

「この一皿を見てもまだそのように言うか」

「……と、言われましてもねぇ」

とん、と、カーライルたちの前に出されたのは、林檎を焼いてアイスクリームを乗せただけの簡単なデザートだ。

アイスクリームは短時間ではできないし、作ったのは宮中の料理人だろう。となるとイヴェッタがしたことは、切られた林檎を平鍋に乗せて焼いて、アイスクリームを添えただけだ。これが神に捧げる、大陸存亡をかけた一品というにはあまりにも単純だ。

キラキラとしたガラスの皿に、茶色く色づいた林檎は美しくはある。真っ赤なソースはぺろりと舐めてみたところ、赤ワインを煮詰めたソースだろう。

焼き林檎をナイフで小さく切って、アイスクリームと共に口に入れる。林檎の熱と、氷菓の冷たさが同時に感じられるが、なぜ折角の氷菓を溶かすような真似をするのか。皿の上に一緒に置かれることによって、料理に時間制限ができる。食べることを急がされるような気がしてカーライルは嫌だった。

「うむ。良いな、この果実の焼き加減……！　絶妙だ。加熱しすぎては果実の瑞々しさが消え失せる。熱を加えて甘さを濃くしつつ、単調な味にならぬように赤ワインのソースか！　しかもただ煮詰めただけではないな？」

「はい。スパイスを少々加えておりますの。お分かりになりまして？」

「私は美食の神だぞ？　分からないわけがない。この氷菓も気に入った。牛の乳をこうも見事に固めて、良い柔らかさだ」

「メレンゲをふわふわに立てるのがコツなんです。仲の良い料理人の方が試行錯誤してくださって。バニラアイス以外にもフレイバーはあるんですけれど、今日は一種類の実でお許しくださいね」

ヴェンツェルとイヴェッタの会話は弾んだ。

王室御用達にと、臭みのない牛乳にするために乳牛の飼育に力を入れているエルフがいる。

イヴェッタが好む卵も、もともと平民の肉屋が小遣い稼ぎに売っていたものを「餌を変えたら味が良くなった」と気付いた女房が一個の値段を上げてでも餌に拘って採れたものだ。

「なるほど、一見単純に見えて……この料理は金貨に相当する価値がある、ということか」

それなら「美食」として神に献上できるのも頷ける。

カーライルが呟くと、イヴェッタとヴェンツェルが同時に「駄目だこの男」と呆れた。

2章　国王テオのプラム・プディング

死ねないというのは、なかなか飽きてくるな。

瀕死状態で長く床につき、テオは真面目(まじめ)な顔で天井を見つめた。

頻繁にやってきては毒殺や刺殺、絞殺を試みてくれた少女が来なくなった。三番目の息子の未来の嫁。あれほど熱心だったのに。復讐(ふくしゅう)を諦(あきら)めたのか、いや、そんなわけはない。一時ウィリアムと共に行方不明になって、宮中は「二人についに悪女イヴェッタの魔の手が！」などと騒ぎになったが。

半年ほどして二人は帰ってきた。思いつめたような第三王子と、燃えるような目をしたマリエラは、何があったのかの説明を誰にもしないまま、翌日結婚してしまった。

これにはさすがのテオも驚いた。

そもそもマリエラは王子の婚約者として正式には認められていなかった。正式な儀式も終えていない。テオは反対するつもりはなかったが、順序は必要だろうと思った。そういうものをすっ飛ばして若い二人が、王子と王子妃の立派な式典も行わず、まるで街の恋人たちがそうするかのように予約もせずに神殿に行って、神の彫像の前で夫婦の誓いを交わした。

「若さの勢いか？」

ウィリアムの方はともかく、マリエラの方にウィリアムへの愛などなかった。それとも、行方不明だった期間に二人の間に愛でも芽生えたのか。

若い連中の考えることは分からないな、と、テオは自分がもう無用の王であるから気楽に考えた。


国のこと、マリエラのことを考えなくてよくなったので、自分の人生について、テオはやっとゆっくり、振り返ってみる時間ができた。

思い返せば、幼少期。よく死ななかったな、と自分を褒めてやりたい。

先代の国王ヴィスタは、今のテオからすれば狂人だった。国を守るためになんでもやった。

当時のルイーダは国として、土地がもう死んでいたのだろう。耕しても何も芽吹かない大地。

降らない雨。干上がる川。

（今の状況は、まぁ、かつての我が国なんだ）

死にかけているテオの耳にも、国の状況は入ってきている。

人が死ねないという状況以外は、過去のルイーダと全く同じだ。

イヴェッタ・シェイク・スピアが生まれる前に戻っただけなのだ。

「あなた、いつも寝てるのね。おじさまがあなたには見込みがあるっておっしゃってるのに、どうして期待に応えようとしないのかしら？」

「……」

ばさっと、水をかけられて幼いテオはぱちり、と目を開けた。

自分を見下ろしているのは、金色の髪に青い瞳の綺麗な女の子。

「……スカーレット」

「マクベ公爵令嬢よ。気やすく呼ばないで。王子のくせに」

「……」

テオは苦笑した。

自分の身分は王子で、彼女は王家に仕える家臣の家の子、という立ち位置なのに、気やすく呼ぶな、とは。

久しぶりに会ういとこ殿は相変わらずだ。

「おじいさまはどこ？　一緒じゃないの？　あなたがだらしなく寝てるから呆れて出ていって

しまわれたのね」

日の昇る前から叩き起こされ、剣術に体力づくりに、座学に、王子としての公務を続けて、午後のお茶の礼儀作法の後にやっと小一時間の休憩を得たのだが、スカーレットはテオを愚鈍で怠惰だと呆れる。

「どうして君が？」

「知らないの？　婚約者が決まったの。それで、挨拶のために来たのよ」

「婚約者？」

「そう。おじさまはあなたに決めたみたい」

光栄に思いなさいよ、とスカーレットは繰り返した。

その光栄は何に対して思うべきなのか。スカーレットという才女を妻に迎えられるからか、それとも至尊の冠を戴けるからか。

「ははっ……！」

上半身を起こしながらテオは笑った。両手で顔を覆い、体を震わせる。スカーレットはそれを喜びだと判断した。

だがテオの心情は違う。

これでいよいよ、逃げられなくなったと。

絶望から漏れた笑い声。

「他にいくらでも優秀な王子はいるだろう。なぜ僕なんだ」

テオは側室の子だ。生まれた順番も、別に早いわけじゃない。上の兄たちがどんな生き方を強制されているのか見て育った。

この国は、ルイーダは貧しい国だ。

目立った特産品もなく、恵まれた土地もない。近隣にはいつ滅びるのか、いつどこかの国に頭を垂れて属国になるのかと待たれているような国。

それなりにある歴史の中で英傑が生まれることがなかったわけではないが、そうした英傑は少なく、一人二人の数十年で国が劇的に生まれ変わり、それがずっと継続できるということはない。

「おめでとうございます。兄上」

「ビル」

気付くとスカーレットはいなくなっていて、二つ下の弟が立っていた。そばかすの散った顔に金の巻き毛の可愛い弟だ。

お世辞にも、頭が良いとは言えない。何せ物覚えが良くない。

テオが五つの頃には諳(そら)んじることができた教本を、十になった今でもつっかえつっかえ、ちらちらと手本を見なければ答えることができない。

「これで兄上が未来の国王陛下ですね」

「まだ決まったわけじゃない」

「決まりましたよ。父上は、国王陛下は、公爵家の才女スカーレットさまを王妃にすると決めていらっしゃいましたから。兄上が婚約者に決まったということは、そういうことでしょう？ぼくでも分かりますよ」

「僕が突然死ぬかもしれないだろ」

上の兄の何人かは自分の歳になる前に死んだ。

「それはありませんよ」

弟は困ったような顔をして笑った。やせ細った小さな弟。早い段階で父はこの弟を見限り「無能はいらん」と判断を下された。兄たちの多くもそうだったと聞く。

貧しい国では王子であっても、いや、王子だからこそ容赦はされない。国の役に立てない凡俗な者に国民の税は使えない。

この国では、飢えて栄養失調で死ぬのは平民だけではない。

「兄上は優秀ですから。僕も兄上のようだったら……母上に申し訳ないです」

「……」

「……僕はもういいですって言うのに、母上は僕にパンをくれるんです。僕が不出来だからと、母上のご実家からの援助も受けられなくなったのに……」

ぽつり、とビルが呟いた。

物覚えは悪いが王子として扱われ生きてきて、分別はついている。

ビルの母は側室だった。地方の出だが、当主や兄が優秀だったので「良い王子を産むかもしれない」と父に目をつけられて召し上げられた女だった。

父に見捨てられ、ひもじいと泣く我が子に「お母さまはもう食べたから」と自分の食事を与えることができる女だった。

テオは自分の母にそうしたことをしてもらった記憶はない。必要もなかった。

何も言えないでいるテオに気付いた弟は、にこり、と取り繕うように微笑む。

「でもぼく、嬉しいんです。他の兄上たちではなくて、テオ兄上が次の国王になるのなら、きっと優しくしてくれますよね？」

「なんだ、優しくって？」

「優しくは、優しく、ですよ。ぼく、思うんです。頭がすごく良いひとって、きっとすごく、優しくできるんだろうなって。だって、そうでしょう？　ぼくは……頭が悪いから、目の前にパンがあったら、自分が食べることしかできないけど……頭が良いひとは、きっとパンを食べないで増やすことができて、一人が食べるだけじゃないことができるんじゃないかなって」

「難しいことを言っているなぁ」

「そうですか？」

テオは弟の頭を撫でた。

言わんとすることは、なんとなく分かる。

パンが一つあり、自分が飢えているとする。ビルの母はそれを我が子に与えて、我が子の命を1日でも救おうとしているが、テオに言わせれば、そんなことはその場しのぎであるし、ただの自己満足と、善意の押し付けだ。

実際にビルは「母は自分を犠牲にしてくれているのに、申し訳ない」と、ただただ自分を責めている。

テオなら、例えばそのパンをとても綺麗な紙に包んで、自分に同情的な貴族に下げ渡す。王子という肩書、付加価値を考える。その下げ渡す貴族はできるだけ人情的な者がいい。

少ない食料を、それも王子殿下がわざわざ、「あなたに明日を生きてほしい。この国に必要だから」と言って渡してきて、深く感じ入るような者であればなお良い。

そこまででなくとも、多少は罪悪感を抱いて「頂き物をしてしまったから」と、王子への返礼としてその者が相応しいと思う品を持ってくれば、ただパンを水で流し込むよりずっとマシな結果になる。

「………それを優しく、と言うのはお前だけさ」

ビルの母は無力な女だ。愛情だけで子が救えるわけがないことを分かっていて、何もできない。

テオはビルを可愛い弟だと思っているが、それはビルが他のきょうだいたちのように自分に毒を盛ってきたり、暗殺者を仕向けてこないからだ。

「……まぁ、その可愛い弟も……結局は死んだんだがな。母親が「我が子以外全員死ねば、我が子が玉座につけるのではないか」とか思って、暴走しおってからに……」

「どこの王室も大差ありませんね」

「……」

回想を終えて溜息をつくと、にっこりと青年が相槌を打った。

「あっ、ちょ……怪しい者ではありません!!　その手の……衛兵を呼ぶ鈴!?　怪しい者ではありません！」

「王の寝室に音もなく現れる人間が怪しくないわけがないだろう。ふざけてるのか？」

「それはごもっとも」

お気持ちは察します、と青年は神妙に頷いた。

茶色い髪に白い肌の、美男といえば美男だが、テオやウィリアムほどではない。ただ、妙に笑う顔が人懐っこく、人の心にするりと入り込めるだろう魅力を感じた。

「ドルツィアの皇帝が何の用かな」

「さすがはルイーダの国王陛下。聡明で、そして寛大でいらっしゃる」

「寛大に振る舞うかどうかはこれから判断するよ」

こほり、とテオは咳をしながら起き上がった。不死の呪いは健在だ。マリエラ嬢にズタズタにされる日課はなくなったが、毎日の食事に盛られ続ける毒の量は変わらない。

改めて居住まいを正し、青年・ドルツィア帝国の若き皇帝カーライルが丁寧に挨拶をした。

堂々とした名乗り、とまではいかないが、それなりに威厳を感じさせる。

即位してまだ数年、それもこれまで表舞台に出てこなかったということを考えると及第点だと言える。

「1年前に王宮に来ていた時は、ロクに挨拶もしなくてすまなかったね」

「いえ。その節はお忙しい中に突然訪問してしまい、申し訳ありませんでした。第三王子殿下に大変丁重にもてなしていただきました」

にっこりと、お互いに微笑み合う。意訳すると「さっさと帰れ」「嫌ですが」という意味になるが、わざわざ相手の希望通りの振る舞いをする気は双方にはない。

「それで？」

何の用だ、とテオは単刀直入に切り出す。色々腹芸をしてもいいが、若い他国の王族に経験を積ませてやる親切を施す必要もない。

自分がどう振る舞うかではなく、お前がどう振る舞うか見てやろうと顔を向けると、カーライルは困ったように苦笑し、黙ってしまう。

僅かな沈黙のうちに、テオは相手の目的を考えた。

ドルツィアはそれなりの規模の国ではあった。神々に見捨てられたかのように、天災や飢饉が襲ったが、現在は持ち直していると聞く。

今のルイーダよりひどい時期もあったようだが、この若者が即位しての結果だろうか。となれば、目の前のヘラヘラした青年は凡夫ではないことになるが、テオの目から見て……以前交流のあったドルツィアの皇帝や、その王太子より優れているようには見えない。

「死にゆく国の観光は前回で終わられたと思ったが」

「いやぁ、はは、ははは……いやぁー……その、すいません」

前回この青年がルイーダに来たのは「高みの見物」だろうと、テオは察していた。特に国王や王太子との交流を求めるでもなく、ただブラブラと宮中を回って、まともに接触したのは第三王子くらいだった。

この青年が小さな辺境の街でイヴェッタと知り合ったことは、その後に聞いた。そして、神に愛された娘が去り、滅びるだけであろう国を眺めに来たのだろうと、そう察した。

苦しむ他国に救いの手を差し伸べる、のではなくて、病人がゆっくりと息をして死んでいくのを眺める悪趣味さ。そういう男が再びやってきた。

「僕の死に目を眺めたいのかい？」

そういう性分なのか。ドルツィアはロクでもない男を玉座につけたものだな。

呆れていると、乾いた笑いを浮かべていたカーライルが、ぐっと、顔を顰めた。テオの皮肉に降参したいという意味ではない。

「その方がマシというか、俺としては楽だったというか……いやぁ、本当に。その、申し訳ないと思ってはいるんですが…………こういうのを、死にかけてる年長者に求めるのも本当に……俺にも罪悪感はあるので……何と言いますか…………————

突撃、隣の晩御飯〜ＹＯＵは何しにルイーダへ？」

「…………は？」

ドンっ、と、その途端に、大砲でも放ったかのような鈍く大きな音が響いた。

「……は？」

「…………本当にすいません」

ぱちり、と瞬きをすると、先ほどまでの自分の寝室から世界が変化している。魔法の類だろうことは分かるが、見覚えのない場所に立っていた。

「ごきげんよう、人間種の国の長よ」

汚れ一つない縦長のテーブル。黄金の燭台に食器、青い花が飾られている。晩餐会が今にも始まりそうな様子。

テオの王族専用の食堂が地味だと思えるような、華美で派手で、豪華な空間。乳白色の壁紙には金縁の絵画が数多く飾られている。緑の傘を差した女や、太陽のように明るい大きな花、落ち葉を拾う女たちが描かれている。芸術を愛するものなら、その一枚一枚を時間をかけてじっくりと鑑賞したいだろう美しさがあった。テオは絵には詳しくないが、さぞ高名な画家が描いたのだろうと、離れた場所からでも思ったほど。が、栄華を極めた時代に集めた名匠の絵のどれにも似ていないタッチだった。

「うむ、気に入ったかね。これらは……恐れ多くも我らが王より下賜されたもの。私は小川で溺れる娘の絵を飾りたかったのだが、食堂に水死体というのは相応しくないだろうからね。人間種でいうマナーであろう？」

「作法（マナー）と申しますか、配慮（エチケット）でございましょう」

「なんだ、その違いは？」

「閣下が気になさるものではございません」

「では申すではないわ」

絵を見るテオに話しかけたのは、食卓に着いている大男だった。青い髪に青い目。やや尖った耳はエルフにしては短い。

悪魔か魔族か。

人ならざる者であることはすぐに分かる。テオの隣に立っているカーライルがごく自然に頭を垂れて、大男の言葉に返答をした。

他国の皇帝が単身で使者も立てずにひょっこりやってこれるわけがなく、そしてこの人外に従順な姿勢。

短い会話の中で、カーライルは傑物ではないが馬鹿ではないと判断できる。

となれば、人質でも取られて従うことになって、目的はこの人外の前に自分を連れてくること、だろう。

その実行犯がカーライル自身でなければならない理由をテオは全く分からなかったが。

テオが沈黙していると、雑談のようなものをしていた二人の会話が終わり、大男がにっこりと顔に微笑みの表情を作った。

人の笑う顔を人外が真似をして浮かべているだけという、完璧に真似られているのに違和感を覚えてしまう妙な笑顔だった。

「さて、我が名はヴェンツェル。美食の神である」

「嘘でしょう」

「テオ殿……！」

「あ、いや。失礼」

咄嗟に出た言葉は「お前が神なものか」という否定ではない。

「我が国は神々への信仰心が高く、神聖ルドヴィカが上げられる神々の御名を七つの子でも全て諳んじることができるのですが……」

ヴェンツェルという神の名など聞いたことがない。

「食や酒の神はバスコ様という御名でございましょう」

「そういえばあいつはそうだったな。だが私は違う。私は美食の神だ」

「さようでございますか」

「信じていないな？　この不敬者め」

自称神。テオは丁寧に接しながら、神というにはこの大男、どこか俗っぽさがあると感じた。酒場で大声を出して周囲と笑い合っていても違和感がない。しかし黄金に囲まれた食堂に悠然と存在して相応しい気品もある。

「なぜ人間種どもが我らの名を全て把握していると？」

「御名を知らなければ神殿を立て、信仰することができません。供物（くもつ）を捧げ、祈ることができません」

テオの言葉は「人に信仰されぬ存在は神であるのか」という疑念を丁寧に言い換えていた。意図に気付いたカーライルは蒼白になったが、ヴェンツェルは違った。

「ハッ」

大男はタン、と、軽くテーブルを叩いて笑った。

「貴様らの信仰など！　ハハッ！」

「……」

「必要なものだけが貴様らの前に姿を現し、名を教えてやっているだけだ。アレスは戦士である偉大さを知らしめる必要があり、ハデスは死した後の支配者であると知られていなければ畏怖されぬからな。……というか、今の人間種はそんなことも知らずに神を信仰しているのか？残しておいた前の人間の……ノ、なんとかから聞かなかったか？　え？　いない？　そんな頭文字の聖人はいない？　そうか」

まぁいいか、とヴェンツェルは首を傾けつつ、自分の中で納得して呟いた。

「さて人間種よ。これは審判である」

自称神、まぁこの際、別に神でも何でもいいが、そのヴェンツェル殿は長い脚をゆっくりと組み替えながら続けた。

「我々はお前たちが我らが花にした行いについて協議した。結果、お前たちのような者は今後役に立たぬだろうと判断し、埋めるか沈めるか燃やすかしてしまおうと決まった」

「承知いたしました」

「うん？」

「いやいやいやいや、テオ殿！」

すんなり受け入れて、丁寧に頭を下げたテオにヴェンツェルは小首を傾げ、カーライルは慌てた。

「何か？」

「え、いや、何か、じゃないでしょう。テオ殿！　こいつ……じゃなかった、この方は我々を滅ぼすぞ、とおっしゃっているんですよ」

「それが何か問題なのか」

「え、えぇ……」

「相手は神なんだろう？　なら仕方ないね。我々人間は従うまでさ」

「いやほら、抵抗とか……」

「はは。ははははは、ははは。抵抗など！　ははは」

若い皇帝をテオは笑った。

「我ら人間は神々のしもべ。神々のなさりたいように。それでいいだろう」

「……いや、困るだろ」

「何が？　おや、君に愛国心、あるいは国民への愛着があったとは」

カーライルが黙った。嫌そうに顔を顰める。

突然転がり込んできた玉座を温める役目を受けた者。そのまま国に何もかも自分を預けてしまえるほど、至高の椅子というのは座り心地が良いものではない。

「〜〜〜〜ですが。いや、あんたが……どうだろうと、国王だろう。なら、抵抗する義務があるはずだ」

「義務、ねぇ」

この空間は神域。そのルールというのをカーライルが説明した。

神々の決定として、ルイーダを含む大陸の人間が滅ぼされる。だがヴェンツェルはその決定に対して疑問があり、再考する必要があると他の神々に申し出たそうだ。

美食の神であるヴェンツェルが「生かす価値がある」と納得できるだけの料理を献上し、人類を救うがいいと、そのように。

勝手に何もかも決める神の身勝手さ。生かしてほしいと命乞いをしてなどいないのに、するのが当然だと思っている。

「料理でございますか。であれば……どのようなものをお望みでしょう？　ルイーダには優秀な料理人が数多くおります。宮中の料理人の作る宮廷料理をご用意いたしましょうか。それとも街で評判の食堂で出されるような、活気のある大皿料理がよろしいでしょうか。あぁ、少し前までは広場に屋台を集めて、様々な料理を自分で取りに行く、というものもございました」

求められることが分かれば、まぁ、そのように振る舞うのは良い。テオはにっこりと、笑みを浮かべてヴェンツェルに質問した。

「……」

しかし、先ほどまではニヤニヤと強者の笑みを浮かべていた美食の神から表情が消えた。スッ、と、冷たく。底深い夜の海を覗き込んだような瞳がじっとテオを見つめる。
何か不興を買うような発言だっただろうか。

「この国の長として、命乞いをする料理がそのようなもので良いのか」

「この国の良さを知っていただくには、この国の者が愛し口にする料理が良いと判じました」

「貴様にとってそれが最良の料理であると」

貴賓をもてなす方法として間違っているとは思わなかった。だが相手は神で、そしておそらく、神の中でも変わり者なのだろう。でなければ、神々が「滅ぼす」と決めたものに待ったをかけようなどとは思わない。

かといって、ヴェンツェルが人間に友好的な存在であるのかはテオには分かりかねた。

「……この国で最も賢い人間種でなければならない者がこの程度とは」

「申し訳ございません。私は能力が足りない者で、イヴェッタ・シェイク・スピアの存在によりなんとか玉座にしがみつけていられただけの存在でございます。至高の御方の望みを叶えることができるなど……とてもとても」

「ど、ど……ど、どの口が……？」

あわわわわ、とても音が出そうなほど顔を引き攣らせているカーライルがぼそりと何か呟いているが、テオは無視した。

滅びるなら滅んでいいんじゃないかな、と思っているのだ。ずっと。もう何十年も前からずっと、そう思っている。

「人選を間違えた……！　初手の人選を間違えた……！」

カーライルが頭を抱えて蹲（うずくま）った。

「普通、この国の長なら一番こう……救国に熱心じゃないのか……！　しかもテオだろ⁉　王の中の王じゃないのかよ……！」

「え、何だいそれ。僕はそんな評価なのかい」

あはは、とテオは笑った。

「僕は運が良かっただけのお飾りの王さ。玉座には誰でもよかったんだ。まぁ、王族は国民のために思考を止めるなと、そういう風に息子に言ったことはあったかな。でもまぁ、王も王族も、国のために死ぬ生き物なんだから、国が滅びるのは別にいいだろう？」

「どういう理屈だ⁉　ちくしょう……！　ちょっと憧れてたのに！」

「おや、それはそれは。ごめんねぇ」

全く悪いと思っていないが。

「茶番は終わったか」

「はい、閣下。いえ、猊下（げいか）、の方がよろしいのでしょうか。何分、神の御前に立つのは初めてでして」

「私は名で呼ばれることを好んでいる」

「ではヴェンツェル様。このように私は不出来な人間でございます。神の御心をはかることもできません。しかしおもてなしをさせていただく栄誉を与えられるのであれば、精一杯その大役を務めたいとも考えております。何卒、何かご助言をいただけないでしょうか」

「簡単なことだ。私がお前たちを救うべき価値があると、そのように思える料理を献上すればよい」

「……」

だから、それが分からないんだけど?

テオは笑顔を浮かべたまま黙った。

「かつて……とある人間種の娘に聞いたことがあるのだが。料理というのは、思いが詰まっているものだ、と。粗末な腐りかけた林檎に大切な思い出がある者にとって、宮中で出される豪華な料理よりも、林檎を切った者の方に重きを置くものであろう」

美食の神を名乗る者。

その理由は、美食というものは、神ではなく人間が作り出したものであるから、守ってやる必要があると、そのように。

神が色を作った世界で、色を重ねて絵を描くのは人間だ。音を重ねて音楽を奏でるのは人間だ。ただ生きて死ぬだけの生き物の一生の中で蠢き、煌めく。

ヴェンツェルはそうした人間種の生み出すものに価値があると神は認めるべきなのだと、そう語った。

「そのものの分からぬ他の神どもを説得するために用意させてやっているのだが？」

「……」

であれば、テオは思い出の料理というものを献上すべきか。

「……であれば、それは……難しいことでございましょう」

「なぜだ？」

「類似品であれば、いかようにもご用意できましょう。けれど、本当に「最良」の料理というものは、思い出の中にしか存在しないものでございます」

テオはある兵士の話をした。戦場から逃げ出して、転がり込んだ民家。寝静まっていた住人たちが飛び起きて、兵士はその一家を殺そうとした。けれど兵士が脱走兵であることなど分かっているだろう一家は気付かぬ素振りで、彼を迷い込んだ気の毒な、腹を空かせた凍える哀れな隣人として扱った。

貧しい国にロクに食料などあるわけではなかったが、塩を入れ僅かな肉の欠片が浮いているだけのスープを出して兵士をもてなした。

その時のスープのなんと優しい味であることかと、兵士は感動した。作ったのは一家の次女だった。兵士は次女を自分の奴隷にし、それ以外を殺した。

塩だけであんなに美味しいスープができたのだからと、他国に移り住み祖国の情報を売ることでそれなりの金を得た。たくさんの材料を買って娘にスープを作らせたが、あの粗末な家で飲んだ時ほど美味しくはない。

これはおかしいな、と思って兵士は、娘が手を抜いているのだと考え、主人に逆らうなと躾をしたが、娘は泣きながら、そんなことはしていないと必死に訴える。

もしかすると次女が作ったというだけではなく、母親が何か味を足していたとか、煮ていた鍋に秘密があったのかもしれない。

兵士は自分がもう少し慎重に行動していればと後悔し、娘を奴隷商人に売った。

「すいません、ちょっと。その胸糞悪い話を……なぜ今？　というか、その糞野郎はちゃんと報いを受けた、というオチまで聞けますか」

「はは、ルイーダじゃ昔は脱走兵というのは珍しいものじゃなかったしねぇ」

「つまりオチがないと？」

「つまりヴェンツェル様。私が申し上げたいことは……その男にとって最も美味しいと感じた料理は、思い出の中だけにしか存在しないということ。例えば男がヴェンツェル様の御前に引きずられ、今の私のように料理を献上しろと求められても、男はヴェンツェル様にそのスープを差し出すことはできないのです」

「なんだ、そんなことか。容易いことだ」

「……はい？」


パチン、と、ヴェンツェルが指を鳴らした。

「兄上？　兄上、どうかされましたか」

「……うん？」

誰かの呼ぶ声。懐かしい声だ。

「……ビル」

うたた寝をしてしまっていたらしい。目の前には髪の伸びた弟が困ったような顔をして立っていた。

王の執務室に気軽に入ってこれる存在は王弟くらいなもので、あ、いや、王妃もそうだ、王太子にも許可は出しているか、とテオは思い出す。

「お疲れなのでしょう。ここ最近、休む暇もないのでは？」

「うん。あぁ……あぁ。そう、だな。そうか。いや、でも、そうも言ってられないしね。父上が張り切って主催されるお茶会で……何かあってはいけないし」

「お茶会の準備は、兄上よりスカーレット様の方が向いていらっしゃるのでは」

「王妃の能力は高いが、それはお茶会に限ったことじゃない。彼女には他にやりたいことが多くあるようだし、父のことなのだから、まぁ、私が手伝うのは当然さ」

話しながらテオは、これは夢だろうなと理解してきた。

(昔の記憶の、再生か。それとも、本当に過去に来ているのか)

神ならそういうこともできるのだろうか。

前国王ヴィスタが開くお茶会。貴族の年若い子息令嬢を集めたガーデンパーティー——は一週間後に迫っていた。

ルイーダの城には数々の美しい庭があるが、その中のどこで行うか。警備という栄誉を与えられるのはどの騎士団か。どの家門の子供たちをどのテーブルにつけるか。飾る花や料理だけではなく、やらねばならないことは多かった。

主催である父はこれまでそうしたことを配偶者に任せっきりにして、自分は「いついつにこういうことをしたい」と言うだけでよかった。国王の仕事ではないからだ。

「兄上、僕も出すお菓子のリストくらいなら手伝えますよ」

柔らかく微笑むビル。色白で、背もあまり伸びなかったが、幼い頃と比べると随分頼もしくなったものだとテオは思う。

（あぁ、そうだったな）

「ところで兄上……こちらの方は？」

「うん？」

「やぁ、どうもどうも」

「……なぜ君が？」

ちらり、とビルが視線を向けた先。執務室のソファに座っているのはカーライルだった。

「俺のことは気になさらずに。噂に聞く、ルイーダの栄華をこの目で見に来ただけの観光客ですので」

「……兄上？」

当然この時代に本来ならいないはずの人物だ。人好きのする笑みを浮かべて王族相手に遠慮する様子もない。ビルは物腰からどこかの貴族、あるいは王族だろうと察したのかテオに説明を求めるような目をした。

「……遊学中の、他国の王子殿下だ。どこの国かは、悪いけど説明できなくてね」

「なるほど……お家騒動、ですか」

ビルが神妙な顔で頷いた。

他国で王子が命の危険を感じて、遊学という名の国外脱出をすることは珍しくない。

同情するようなビルの視線を受けてカーライルは困ったような顔をしたが、ビルは「大丈夫です。何もかも分かっていますよ。おかわいそうに」と年長者らしい慈悲のようなものを見せて若い他国の王族を憐れんだ。

「ルイーダはもはや誰からも害されることのない平和な国。どうか安心して勉学に励んでくださいね。ここであればきっと幸せな青年時代を過ごせるでしょう」

「はぁ、そりゃ、どうも」

「それで兄上。実はそのお茶会のケーキなのですが、一つ僕から提案があるのです」

カーライルが気のない返事をしたのも気にせず、ビルは再びテオに顔を向けた。

あぁ、そうか。と、テオは昔の記憶を段々思い出していく。

この時の弟は一つのケーキをお茶会の場に出してはどうか、と、当時のテオに相談してきた。

……自分が美食の神に捧げる一品として上げるなら、これが最も相応しい。

「ケーキねぇ。すでに父上が国中の菓子職人に声をかけて、彼らはこぞって競い合っている。当日はその中で最も良いものだけが会場に運ばれるみたいだけど？」

「もちろん存じております。彼らの領分を侵そうというのではありません。もちろん、どこかを贔屓したいということでもないですよ」

「お前がそんなことを強請るとは思ってないさ。でも僕のたった一人の可愛い弟だから、まぁ、お前が言うなら叶えてしまうかもしれないけど」

「まさか。兄上はそのような、情に左右されるようなお方ではないでしょう」

ははは、とビルが笑う。

「それで？　それはどんなケーキなんだい」

「はい。以前のルイーダでは冬に作られていたそうですが……もう何十年も……作られることのなかった菓子です。菓子職人は他国の製菓技術を学んだ者たちなので、おそらくは知らないかもしれませんね」

体の弱い弟は、成人してからも部屋から出ることがほとんどなく、その人生の大半を書斎で過ごしていた。理解できないからと、難しい哲学書や歴史書、経済学の本などは読まないそうだが、その分、テオが読まないような分野を読む時間があった。

テオも知らないだろうルイーダの過去の料理を発見できたことにビルは浮かれていた。青白い顔は朱に染まり、珍しく生命力に満ちた瞳をきらきらと輝かせていた。

「試作品を作りました。明日には食べられる頃でしょう。ぜひ兄上に召し上がっていただきたいのです！」

「……」

その弟の様子を、テオは眩しいものを見つめるように目を細めて静かに眺める。

パッ、と何かの音がして部屋の中の明かりが半分になったように薄暗くなる。

もう一度パッ、と音が鳴ったかと思うと、テオとカーライルにのみ、まるで舞台のスポットライトが当たったかのように明るくなる。

「……ビル？」

目の前に立っている弟はぴくりとも動かない。瞬きも、呼吸をしている様子もない。

「つまり、この弟君の料理をヴェンツェル殿に献上すればいいってことですか。テオ殿」

その奇妙な空間でカーライルは冷静だった。

「……あぁ。僕にとって、思い出の中の最良の料理といえば、これだろうね。君はこの一週間後に起きた我が国の悲劇を？」

「えぇもちろん。神の怒りに触れて、先王ヴィスタ殿が亡くなったとか。それより……テオ殿に生き残ったごきょうだいがいたというのは、知りませんでしたが」

「……」

「お優しそうな弟君ですね。テオ殿を慕っていらっしゃるのでしょう。大人になってからもきょうだいの仲が良いまま過ごせるというのは、我々にとっては奇跡のようですね」

その弟君が兄上の役に立ちたいと用意する菓子はどのようなものか。カーライルも興味があるらしい。

テオは目を伏せ、そしてゆっくりと瞼を上げた。停止している弟の顔をじっと見つめる。

「弟が用意した菓子はプラム・プディングと言って、ドライフルーツを大量に使った蒸しパンのようなものだ。蒸し焼きが終わった後に密閉して、冷所に何日も寝かせる。すると熟成して味が濃厚になり、ドライフルーツの甘さが舌に絡みつく」

ビルはこのケーキに王子妃の指輪を一つ入れて、ウィリアムの婚約者であったイヴェッタにあたるようにしてはどうかと提案した。

地方に小さな領地を持つ伯爵家の令嬢。国の中枢に親類がいるわけでもなく、両親はそれほど社交界に興味がない。

そんな娘が突然、美しい王子の婚約者だと周囲に知れ渡ったらどうか。

事情を理解している大人たちはともかく、子供らというのは残酷だ。心ない言葉をイヴェッタ伯爵令嬢に投げつけて、彼女が傷付くのではないか。

心優しい弟ビルはそれを気にしてくれていた。

だから、子供たちが喜びそうなイベントを。

王族であるビルがわざわざ用意したケーキを切って、そのひと切れに見事な指輪があったらどうだろう。子供たちはわぁっと声を上げて、はしゃいで、イヴェッタが幸運な娘であると認めてウィリアムとの婚約を「当然のことだ」と受け入れるのではないか。

「……よくそんな、頭お花畑な者が王弟なんてできてましたね？」

「丁度弟は、子供ができたばかりなんだ。世の中が優しいものであるようにと、弟なりの祈りのようなものだったんだろうね」

プラム・プディング。

林檎やオレンジ、プラムにイチヂク、ナツメヤシ。

かつての貧困が嘘のように。とある女が身ごもってから、途端に国の隅々まで豊かになった。魚は増え、緑は豊かに、畑は三倍の収穫が。鉱山が数多く発見され、川の底には砂金が輝く、美しい国ルイーダ。

各地から「親愛なるテオ国王陛下へ」と献上される果物を干して作ったドライフルーツをよく切り刻んで、バターと卵、薄力粉を練り込んだ生地に合わせる。

そうして蒸して焼き上がったプラム・プディング。

「……弟の祈りや願いが詰まった、夢のようなケーキなんだ」

トルステ・スピア伯爵が生んだ子が、王族の花嫁となる未来。何もかもが安泰で、安心で、安全で、誰もが何もしなくても幸福になれる国。

「へぇ。それじゃあ、うん？　でも、おかしくないですか。そのケーキを献上すべきだっていうのなら、なんで今なんです？」

カーライルが顔を顰めた。ぶつぶつと、独り言のように言葉を続ける。

「今の説明だと、食べられるようになるのは明日ってことだ。なのに、なぜ今なんだ」

「それは簡単さ。このあとビルは反逆罪で捉えられて、翌朝には処刑されるからね」

「……うわっ」

他国の王族の事情について、カーライルはさすがに10年以上前のことまでは詳しくなかったようだ。絶句し顔を引き攣らせる青年に、テオは笑った。

「王妃……スカーレットがね。ビルが僕を殺すために……ビルが作った試作のケーキに毒を仕込んだのだと、喚き散らしたんだ」

「……冤罪だった？」

「仕込まれた毒は僕を殺せるような種類じゃなかったんだ。僕もビルも、父上に毒を飲んで耐性をつけるように教育されてきたからね。苦しむくらいで、死ぬような強さはなかったんだ」

「あぁ。なるほど」

しみじみとカーライルは頷いた。

「つまりテオ殿は、弟君が毒を仕込んだにせよ、そこに殺意はなかったと言うんですね？」

「あぁ、そうだ。毒を盛るくらい、挨拶のようなものじゃないか」

今現在の時代のスカーレットだって、死なないと分かっていても、毎日飽きもせずせっせとテオに毒を盛っている。

「はは、なるほど、なるほど。ここの王族、イカれてるなぁ！　人選を間違えたよ俺！」

「ヴェンツェル様は神……だと、おっしゃっているのだし、毒など問題になさる方ではないだろ？」

あの変わった神なら、毒もスパイスの一種のように受け入れそうである。

「まぁ、俺にとっては過去の、知りもしない出来事なのでどうでもいいんですが。つまり、弟君が捕まる一日前の、思い出が綺麗な状態のケーキを入手してヴェンツェル殿に献上すればばいいってことですよね」

「うん、たぶん」

そうだろう、と言いかけたが、再びパッ、と音が鳴った。

舞台が再開されたように、周囲が明るさを取り戻し、ビルがぱちりと瞬きをする。

「試作品を作りました。明日には食べられる頃でしょう。ぜひ兄上に召し上がっていただきたいのです！」

停止する前のセリフを再び言ってくれるとは親切だな。テオは舞台装置に感謝した。

絶対嘘だろ。

カーライルはテオの言葉の何もかもを、全く信じていなかった。

ルイーダの最良王テオといえば、先王ヴィスタの数々の「選別」を生き残り、血で真っ赤に染まったルイーダの玉座についた王の中の王だと、他国の王子の耳に入るほどの有能な人物であるはずだ。

滅びゆくルイーダを、イヴェッタ・シェイク・スピアが生まれるまで「持たせる」ことができた王。他国に国民を売らずに耐え忍んだ王。テオは即位してから一度も税率を上げることなく、逆に下げたことで有名だ。

『国民が苦しんでいる時こそ、税は下げるべきだろう』と、これまで税を納める平民といえば、貴族を肥やすために存在するのだと言って憚らない貴族や王族が多い中、当たり前のようにそれを言えた王だった。

ルイーダに神に愛された娘が生まれたことは幸運だったが、その彼女が生まれる国を存在させ続けたテオの手腕を為政者は称える。そしてどれほど貧しく小さな国でも、テオのように国を存続させ続ければ、いつか神に愛された娘が生まれ、その国は一躍、神に選ばれた幸福な国になれるのだと王たちに夢を見させた。

その国王テオが、王弟の毒を「挨拶程度で騒ぐな」と、軽い処分を望むわけがない。

何しろ、イヴェッタが生まれてから豊かになった国で、テオの手腕が最も発揮されたのは「もう誰が王でも国は安泰だ」と、テオを玉座から引きずり降ろそうとする者たちを排除をすることだったのだ。

皮肉なことに、先王ヴィスタが見出したテオの才能は、国の運営に生かされたのはたった数年、あとは十何年も、至尊の椅子に群がる愚か者どもを処刑台に送ることにのみ発揮された。

スカーレット王妃が糾弾したと言ったが、それも本当だろうか。

だが、まぁ。別にそれはどうでもよかった。カーライルからすれば遠い国の過去のこと。兄が弟を死なせた罪悪感をどう改ざんしていようと、どうでもいい。

のだが。

「あぁ！」

パッ、と再び明かりが消えた。

今度は自分やテオまで暗くなっている。ぴたり、と、テオが停止したが、カーライルは暗闇の中で動けている。

「？」

だが声は出ない。

とすると、今の嘆きの声は誰のものか。

「あぁ、兄上……！　兄上！」

動かないテオと対照的に、スポットライトが当てられているのは王弟ビルだった。

全身を震わせ、頭を振りながらビルは言葉を続ける。

「あれほど普段疑い深い兄上が……！　僕の笑顔の何一つ深読みをなさらない！　僕があなたにとって取るに足らない存在であると信じてる！　思い込んでいらっしゃる！」

カーライルは理解した。これは過去の繰り返し、あるいはやり直し、ではない。

目を凝らせば、王宮の執務室の中のはずなのに、観客席のようなものが見える。スポットライトを浴びるビルを眺めているヴェンツェルが見える。

「お許しを……お許しください、愛しい兄上！　しかし、しかし僕にも、僕にもやっと、運が向いてきたのです！」

王弟の告解は続く。カーライルは興味がなかったが、本来この舞台の登場人物であるはずがない自分が舞台に一緒に上げられて、役者であるビルに認識されるようになっているのだから何か役目があるのだろう。

ぱらり、とカーライルの頭上から何か降ってきた。

城の見取り図のようだ。

けれど、以前カーライルが暇潰しに調べた秘密の通路や重要な部屋についての記載はなく、それどころか明らかに不完全だと分かる見取り図である。

分かるのは今いるテオの執務室と廊下。

ご丁寧に執務室と書かれた文字は光っている。他の部屋の文字はぐちゃぐちゃと塗り潰されていて読めない。

カーライルが見取り図を持って廊下に出ると、一歩踏み出した足が絨毯に乗った途端、見取り図に「執務室前廊下」と文字が光る。

「なるほど？」

そういう趣向かとカーライルは頷いた。

神が観劇しているのだ。ただの過去の繰り返しというのはなんとも味気ない。そんな簡単ではなかろうと笑う声が聞こえたような気さえする。

「王弟は本当に殺意がなかったのか、あるいは誰が毒を盛ったのか」

テオにとって思い出の料理。弟が発見した、ルイーダの古い料理。イヴェッタとウィリアムの引き合わせの場で、二人の笑顔や驚きの一助になればという思いが込められたものであると、あのテオが本当に信じているのか。


「ふぅん、これがルイーダの……王都の名物料理ってわけか。なるほど、ドルツィアとは味付けがかなり違う」

「大国ドルツィアの王族の方に食べていただくなんて思いもよりませんでしたよぉ。どうです、これでも代々王宮料理人でございましてね。そちらの宮廷料理にも負けない自負がありますよ」

見取り図には法則性があった。廊下は問題なく進める。けれど扉を開くには鍵が必要だった。鍵はカーライルのポケットの中に入っていた。三本。つまり執務室を除く三つの部屋にしか入れないルールなのだろう。

それで思案したカーライルがひょっこりと入り込んだのは調理場だった。

仕込みの一段落した厨房。この宮殿で一番立派な調理場。王の専属料理人は当然のことながら第一調理場の料理長である。

恰幅の良い禿げた中年男性で、「頭は禿げではなく、髪が万が一にも混入しないようにと自

分で丸めている」と言ったが、その隣で黙々と作業をしている無口な副料理長がぼそりと、

「禿げてきた現実を直視したくなくて剃ったんでしょう」と呟いた。

さてカーライルは、この舞台の探偵役だと自分を判断した。

国王テオはもはやこの舞台の役者に過ぎない。

彼がヴェンツェルに捧げようとしている料理について、カーライルは調べる必要があった。

といっても、問題は本当に毒が混入しているのか、ではない。ヴェンツェルは毒が入っていようとなかろうと気にしないだろう。

問題は毒が盛られているとしたら、なぜテオに効かない毒なのかだ。

先ほどのビルの口ぶりからして、王位簒奪を望んでいる可能性はある。だが実際にはテオが飲んでも死なない程度のもので、しかもスカーレットにあっさりバレてしまっている。

カーライルは、ビルという王族は無能そうだと自分に似たものを感じたが、無能な者が愚かだとは思っていない。

愚か者には愚か者なりの考えがあるのだ。

そして仮にも、先王ヴィスタの教育を生き延びた王族だ。

ヴェンツェルがわざわざこの時間に舞台を始めた意味を考える必要があるのだろう。

「ところで料理長殿。王弟殿下が作られているという変わったケーキについて何か知ってるか

い？」

「と、おっしゃいますと」

「私は他国の者だし成人してる。となると、噂のお茶会には参加できないだろう？　王族が発見したというルイーダの過去の料理に興味があるんだ。国家機密ってわけじゃないだろ？」

「まぁ、そりゃね。でも駄目ですよ。もしかするとルイーダの新しい宮廷料理になるかもしれませんしねぇ。私からしたらなんでもない情報でも、他国に知られるとまずいこともあるのが宮中でございましょう？」

「さすがは代々続いた名家だ。忠誠心が素敵だなぁ」

ただの料理人じゃこうはいかないな、とカーライルは褒め称えた。口をうっかり滑らせてくれそうなタイプだが、おだてて気を良くさせると、傍から離れない副料理長が釘を刺してくる。なるほど、良いコンビだ。

だが安心してほしい。その問題のケーキは、王弟が兄王を殺そうとした凶器扱いになる。今後「忌まわしい料理」として、作られることなくルイーダの歴史から抹消されることになるはずだ。

しかしカーライルがどれほど舌先三寸で丸め込もうとしても、料理長はカーライルが欲している情報を提供することはなかった。

鍵の一つを無駄にしただろうか。だが、料理が生み出されるこの場所が無関係であるわけがない。

となると、口を割らせるだけの信頼が今の自分にはないわけだ。

カーライルは再び見取り図を広げた。するとパッ、と周囲の人間が動かなくなる。この停止している時間はカーライルだけのものらしい。

「ふぅん。調理場の人間の口を割らせるために何か道具か、あるいは事前に会っておく人間でもいるのかな」

見取り図の端に「料理長」「副料理長」の名前が光っていた。テオが何気なく副料理長の名前を指で触れると、名前の下に文章が現れた。

『宮中料理人デイゴ：副料理長。無口だが優秀な中年料理人。王弟ビルの母が嫁いできた時に、彼女の故郷から一緒にやってきた。ビルの母亡き後、ビルが飢え死にしないように食堂の食材をこっそり分けていた』

「重要人物じゃないか！」

なんだこの紙、と、カーライルは叫んだ。続いて料理長の名前に触れてみると、名前と毛髪の後退時期と、奥さんに尻に敷かれているという情報が入手できた。全く役に立たない。

「ん？　これ何だ？」

見取り図の上の方に文字がある。

『誰が先王を殺したか』

「………イヴェッタだろ？」

カーライルの調べによれば、神に愛された少女を得て浮かれたこの国が、一瞬にして正気に返った大事件。

イヴェッタ・シェイク・スピアの不興を買って、公爵家の嫡男（ちゃくなん）と、先王ヴィスタが神の裁きを受けて死んだ。

以後イヴェッタは、単なる奇跡の乙女、ではなくて、腫物のように扱われたと聞く。

「っと。それは今はいいとして。とにかく、今分かってることをまとめると」

カーライルは頭の中で状況を整理した。

・テオの弟はルイーダの昔の料理「プラム・プディング」を発見した。
・そのケーキをイヴェッタとウィリアムの顔合わせの場で出そうとした。
・試作品をテオに味見してもらおうとした。
・しかしその試作品には毒が盛られており、スカーレットがそれを発見した。
・その後、王弟ビルは処刑された。

・テオはその毒では自分は死ぬわけがなく、ビルに悪意はなかったと言う。
・テオにとって弟が国のため、自分のために作ったケーキは神に捧げるに相応しいほど、尊い料理だ、と言っている。

この中の情報はほぼ、テオの証言のみによるものだ。

カーライルは美食の神ヴェンツェルがなぜ人間種の料理を「良い」としているのか考えた。神に味や栄養など意味があるとは思えない。

とすれば、絵画や音楽のようなものなのかもしれない。

それを作った人間の背景。ドラマティックなあれこれにこそ、感激し観劇しながら原材料を詳らかにして、その喉を通るのを黙って待っているのではないか。

「……はぁ、はぁ…………はぁ……もう、二度と……やらないからな！　絶対に！」

五時間後。カーライルは再び調理場の前の扉に立って、憎々し気に吐き捨てた。

誰か自分を褒めてくれないか。いないな。まぁ。

カーライルはこの五時間……融通の利かないこの世界の法則をしっかり守らせられながら……情報収集を頑張った！

皇帝として玉座にふんぞり返っていれば、望む情報は部下が持ってくる。だが今回は自分こそがその使い走りなのだ。

誰の？

神様のだよ！

「……まず料理長の奥方の姪っ子であるメイドを探し出して……夫婦の現状を聞き……奥方の方が年上で気が強いが、本当は夫を愛しているという話を引き出して……それまでにそのメイドに何度……無茶な要求をされたか……！」

カーライルがにこやかな笑顔でメイドの娘に近づいて『君のことが知りたいんだ』とささやいても、そのメイドはにこりともしなかった！

そのメイドは『顔の良い殿方同士が汗水たらしながら友情を深め合う姿が見たい』と真顔でカーライルに求めてきて、カーライルは『き、君の歓心を買えるなら』と顔を引き攣らせながら承諾し……騎士団の練習場である闘技場に飛び入り参加して、メイドが言う『顔の良い男』に狙いを定めて勝負を挑み続けた。

意味が分からない。その上、ただ勝つだけでは駄目だった。

聖騎士と名高い生真面目な騎士相手には可能な限り苦戦したり、童顔を揶揄われている小柄な騎士には馬鹿にした発言をしつつ、あっさり負けて『悪かったよ、馬鹿にして』と爽やかに言い放ち、相手に『……ありがとう』と頬を染めさせながら返事をさせなければならなかった！

もちろん失敗もした！

しかし失敗するたびに、パチン、と指が鳴るような音がして………やり直しをさせられた！！！！！！！

十回くらいやり直しをさせられ、カーライルはヴェンツェルを邪神だと認定することにした。無事に国を取り戻せたら、絶対に何がなんでも、ドルツィアではヴェンツェルという名の神は邪神だと広めてやると誓うことでなんとか乗り切った。

そうして手に入れた、料理長の奥方の好感度を上げる方法。

これを料理長に提示すれば……！　カーライルが必要とする情報が手に入るはずだ！

闘技場へ入る前に鍵を一つ消費してしまっていて、カーライルは残り一つの鍵しかない。まだ全く、事件の全貌が掴めていないのだ。

もう料理長から『王弟が毒を盛っている現場を見てしまった』くらいの情報を手に入れなければ無理かもしれない。

狙うは一発逆転。俺の人生こればっかりだな。などと思いつつ、カーライルが期待を込めて料理長に情報を突きつけ、顔を輝かせた料理長が「ありがとう！」とお礼を言って入手できた新たな情報……。

『試作のプディングに使われているドライフルーツは、国王陛下がいつもビル様に贈られている特別なものなんですよ』

「ドライフルーツというのは、とても便利ですのよ」

記憶の中のイヴェッタが、まだ髪の長かった頃の、猫かぶりをしていて当然という顔の頃の女が、カーライルの頭の中で話し始めた。

「栄養価も高く、長期保存がききますもの。お茶菓子にしても良いですし、お料理にも、薬にも使えます。お砂糖がたっぷり使われて、庶民ではそうそう手が出せません。冬の貴族の嗜好品の一つとして人気ですし……何より、遠い南国の果物でも何でも、手に入れることができるんですもの。その価値を宝石より上だとする方もいらっしゃいますわ。貴族同士の贈り物としても喜ばれますの」

へぇー、そうか。そうなのかー、へぇ。それがなんだ。

情報の補足として出演してくれているのか。茶番を好むあの女らしい。

カーライルは頭の中でにこにことうさん臭く微笑んでいるイヴェッタを追い払い、こめかみを指で軽く押さえた。

「弟に毒を盛ってんじゃねぇ…………！」

「ははは、ははは。ははは。なるほど、ははは。つまり、なるほど確かに。助命に、嘆願に、命乞いに、神に捧げる品として相応しい」

再び戻った神の御前。

豪華な食器の並ぶテーブルの上の皿には、真っ白い粉砂糖をふるった山のような形のケーキが一つ。

笑い声を立てるヴェンツェルの傍に立ち、澄ました顔でワインをグラスに注ぐのは、他人の給仕などしたこともないだろう国王テオ。

カーライルはプラム・プディングをナイフで切り分けつつ、もう分かりきっているだろう解説を行う。

「つまり……自分の弟に毒を盛り続けたテオ殿は……玉座を狙う者は弟であっても容赦しないと。神の切り花の守護者である決意を示した……テオ殿の最後の良心の喪失、あるいは唯一の殺意がこのプラム・プディングであるということか」

「神に捧げる料理をと求められ、僕にこれ以上のものはありません」

テオは深々とヴェンツェルに頭を垂れた。

ヴェンツェルがテオの注いだワインに口をつける。そうした様子が絵になる男だ。

「そこの小僧」

「……俺のことか!?」

「他にいるのか」

ワイングラスをテーブルに置いて、カーライルが切り分けたプラム・プディングの皿を差し出されたヴェンツェルは小首を傾げる。

「自身の滑稽さをスパイスとして私に献上しているのであれば受け取るが、不格好な台本を一流の役者に読ませるな」

カーライルは「王弟ビルに殺意はなく、兄王から貰ったドライフルーツを善意で使ったが、それを利用され殺された。王位を狙っていたからだろう」と正しく理解（カット）したつもりになっている。

が、それは不採用。

不合格。

不出来だ。と、神は判定する。

三つ目の鍵を使用していないから情報不足、ということか。だが、再び夢の世界に送り返してくれる素振りはない。

「……」

カーライルは差し出された皿の上のプラム・プディングを手に取った。食べたことはない。ドルツィアにもこうした料理は存在していない、と思う。

口の中に入れると、ドライフルーツの甘さと濃厚なバターや卵の風味。甘いものは嫌いではないが、想像以上に甘さの暴力だ。砂糖のない紅茶を一緒に飲みたい。

「…………」

咀嚼して、もぐもぐと、食べて考えて気付くこと。

……毒など含まれていない。ただの甘い、甘い、柔らかい夢のような焼き菓子だ。

◆◇◆◇◆

「なぜ、こんなことを」

王族の処刑は、貴族や平民のようにギロチンや絞首刑ということにはならない。毒杯を王より賜り、それを恭しく飲み干す。

監禁された一室で、最後の晩餐さえも許されず、まだ日も高いうちにひっそりと、テオはビルに毒杯を直接持って行った。

わざわざ王がすることではない。代わりの者はいくらでもいる。けれどもテオは自分で運んできた。

椅子に座ってテオを見つめている弟は、いつもと変わらない笑みを浮かべている。

「野望を持ってしまいました。僕は無能で、どうしようもない役立たずです。息をしていることすらお恥ずかしい限りでしたが……しかし、今の我が国なら、許されるでしょう？」

「……」

「僕が玉座を望んでも、いいじゃありませんか」

「……ビル」

テオは声を絞り出した。

「お前がそんなことを望むわけがない」

「なぜです」

「僕はお前の兄なんだ。お前のことを、よく知っている。お前はこの玉座がどんなに煩わしいものか、分かっているはずだ」

「以前であればそうでした。以前であれば、父上が躍起になって、この玉座にぴったりの人間を作り出そうとしているのを恐れ震えているだけでした。けれど、今は違うじゃありませんか」

神に愛された少女が生まれた。

無能な者でも王になれる。

煩わしいことは何もなく、ただ、イヴェッタ・シェイク・スピアが微笑んでいられるような環境を与えてやることができれば、誰が王でも構わない。

「折角生き残ったんですよ、兄上。僕はこの地獄のような王宮で生き延びたんです。それなら、玉座を夢見てもいいでしょう。玉座につくための篩にかけられ、あんな日々に巻き込まれたのですから」

権利がある、義務がある、とそのようにビルが言う言葉を、テオは何一つ信じるつもりはなかった。

「誰がお前を唆した」

「兄上、これは僕の意志です」

ビルは頑なだった。

「ならなぜ、僕が贈った毒入りのドライフルーツを使ったんだ」

「兄上こそ、なぜあんな粗末なものを僕に贈り続けたのですか」

逆にビルは質問する。

兄から毎月送られてくるドライフルーツ。珍しい果物で作られており、宝石を贈られるより価値があった。病弱なビルにはありがたい品。

それらには微量の毒が含まれていた。体の弱いビルが食べ続ければ命を失うだろうもの。一つ口に含めば、すぐに毒が入っていると分かるような、お粗末なもの。

ビルはそれを食べていない。兄から毒を贈られている、兄は弟でも容赦しない、余計なことを考えるなというけん制であることは分かっていた。

「そうすることで、お前は僕の味方でいると思ったんだけどね」

「かえって僕が兄上を恐れて嫌がるとは思わなかったのですか」

「お前が僕を嫌うわけがないだろう」

「玉座を狙いましたよ」

「お前が僕を好きだからだろう」

テオはついに指摘した。

「……僕をこの玉座から解放してやろうとか、そんなことを唆されたか。キファナ公爵あたりだろうな」

弟は誰よりも、テオが王になどなりたくなかったことを知っている。イヴェッタ・シェイク・スピアのおかげで誰が王になっても問題がないようになったのなら、ビルは自分がと、そのように考えた、あるいは吹きこまれたに違いなかった。

しかし弟は白状しない。テオにはそれが腹立たしい。「そうなんです兄上」「だまされたのです兄上」そう言って困った顔で、いや、いっそ泣いて縋り付いてくれれば助けてやれる。

パッ、とカーライルとヴェンツェルのいる食堂の照明が消えた。壁が取り払われ、舞台のような場所があり、そこで在りし日のテオとビルの様子が演じられた。

それが実際にあったやり取りだということをカーライルは突きつけられ、自分の理解（カット）が美食の神の皿の上に載るには三流だったと知る。

給仕をしていたはずのテオは、王弟の執務室という場面から変わって、何もない舞台の上に上がり、そこに設置されている棺の一つに自ら入っていく。

王弟ビルは、その兄の棺の蓋が閉まるのを見届けて、その後舞台を立ち去った。

そうして今回の舞台は不完全な形で完結、ということになり、照明も落とされる。

それでもヴェンツェルは惜しみない拍手を舞台と役者たちへ送り、自身の前にあるプラム・プディングを切り分けて口に運んだ。

3章　トルステ・スピア伯爵夫人のサワークリームクレープ

甘いものを食べ続けたので、次は別のものがいいと美食の神はご所望だった。

カーライルは城の見取り図を確認してみる。自分が今行ける場所は限られている。そもそも自分たちは完全に不審者だ。正しい手続きをしてこの城に滞在しているわけではない。なので、周囲に見つかってはまずい。

しかも、確認するのが恐ろしいが……どう考えても、テオは棺に収納されている。国王が行方不明になってから、不審者として自分たちが発見されればどうなるか。

考えたくない。胃が痛くなる。

「ヴェンツェル殿、なるべくでいいので……本当になるべくで構いませんから、できる限り大人しくしていてくださいませんか？」

カーライルは黙っていても目立ってしまう、大柄な威圧感のあるヴェンツェルのことが心配で仕方ない。威厳なのか、神威というのか。立っているだけで神々(こうごう)しいというか、何というか。

ヴェンツェルは興味深そうに辺りを見回していて、カーライルの言葉は聞こえていない。

「この城に来たことがあるのですか？」

カーライルが問うとヴェンツェルは否定した。だが、探している人間がいるという。

「……と、いいますと？」

「この城にいるはずなのだが」

女性、というよりは少女だという。

「昔、海で助けた幼い子供がいてな。もう年頃の娘となっているだろう。この城で働いていると聞いた」

「なんという名前の娘なのですか？」

王宮で働いているということは貴族の娘なのだろう。あるいは裕福な平民の娘が、縁談に箔をつけるために「王城で働いていた」経歴欲しさに下働きとして入ることもあった。

貴族の娘が礼儀作法を学ぶために、貴婦人の侍女やメイドになることもある。

もちろん名前を聞いてカーライルが分かるわけではないのだが、名前が分かれば良い手掛かりになる。

「名は聞いていない。神に名を知られることを警戒する聡い娘だった」

「……名前を知られるとまずいのですか？」

「神が名を呼ぶことはそれなりの意味があるものだ」

そういえばカーライルは、ヴェンツェルに名前で呼ばれていなかった。

「名は知らぬが、金の髪の可憐な少女だった。今はさぞ美しい娘に成長しているだろう」

「それだけじゃ分かりませんよ。他にないのですか」

「ない。が、見れば分かる。なので、城を歩き回ればそのうち見つかるだろう」

「それはそうでしょうけれど……いや、それはちょっと……」

カーライルはこの城に一体どれだけの人間がいるのか、この神は分かっていないのだと思った。

「というか、神であれば分かるのではないのですか？」

何もかも見通しているのが神だろう。

カーライルはこの自称美食の神を神だと思いたくなかったが、人外であるのは確実だ。

見渡せないのか？　という疑問に対してヴェンツェルは、カーライルがとんでもなく非道なことを言ったような顔をする。

「年頃の娘の生活を覗き見ろと？」

「いえ、そうではなくてですね。神様は全てを見通していらっしゃるのだとばかり……」

「神が愛でるのは花のみだ。それ以外の雑草には視点が合わない。そもそも、私は天上の連中とは違う。それなりに、礼儀というものをわきまえているのだ」

「……」

人の国を突然、何の脈絡もなしに石化させた神が言うようなことだろうか？　カーライルは思ったが、口にしなかった。

礼儀正しいと本人が思っているのなら、礼儀正しく振る舞わないと決めたら、今以上に傍若無人になるのだろう。

「王宮の女性ということであれば……スカーレット王妃が詳しいだろうが……」

ふむ、とカーライルは口元に手を当てる。

……会いたくない。

絶対に嫌だ。

どう考えても、スカーレット王妃はラスボスだ。こんなに心の準備のない段階で相手などしたくない。というのが本心だ。

「となると、他に俺が知っていて、王宮にいる女性だと……」

そういえば、イヴェッタの母、トルステ・スピア伯爵夫人が離宮に軟禁されているはずだ。

カーライルが地図を見ると、トルステ・スピア伯爵夫人という名前が浮かび上がる。便利なものだ。一度会ったことがある人物は名前が出るのだろう。

離宮へ続く道にそれほど障害はなかった。時折、使用人たちが通り過ぎたが、カーライルとヴェンツェルがあまりに堂々としているので、使用人たちは誰も彼らを咎めなかった。

離宮の一角。あまり手入れのされていない。寂れた場所。

「このような場所に女が住んでいるのか」

「いるんですよ。それも、イヴェッタの母親なんですけどね」

「あの女か」

「ご存知なのですか？」

「憤怒の竜を孕んだ女だぞ。知らぬわけがなかろう。あれは変わった女だと噂だ」

変わった女性。まあ確かに。

カーライルも同意見だった。トルステ・スピア伯爵夫人。変わり者というだけでは、あまりにも可愛らしすぎるような女性だが。

人の悪意や毒を微笑んで受け流し、自分の中に染み込ませない。

鈍感というのも違う。どこか化物じみている、何か得体の知れなさがある女性ではあった。

だが、そういう女性だからこそ、あのイヴェッタ・シェイク・スピアの母親なのだとカーライルは納得している。

以前と同じ場所に、トルステの姿があった。離宮の奥の、じめじめとした湿気の多い場所。

苔の生えた石のベンチの上にトルステ・スピア伯爵夫人は静かに座っていた。

本を読んでいるわけでも、お茶を飲んでいるわけでもない。ただ、黄昏（たそが）れているような、遠くをぼうっと見ているような。

「スピア伯爵夫人」

「あら、あなた……カーライルさん？　ごきげんよう」

カーライルが声をかけると、トルステは「あら、まぁ」と少し驚いただけで、微笑みを浮かべた。

以前会った時に、イヴェッタの友人であることと、ついでにドルツィア帝国の皇帝であることを告げたのだが、それでも伯爵夫人はカーライルを娘の友人「カーライル」として扱う。

もちろんカーライルはそれを無礼だと咎めるつもりはない。そもそも、皇帝という身分を振りかざして意味のある相手でもない。

「そちらの方は？」

トルステはカーライルの隣に立つ大柄な男を見てパチリと瞬きをした。黒い髪に菫の瞳の、年齢は中年なはずだが、可憐な花のような雰囲気の女性だ。

美食の神ヴェンツェルはカーライルに対しての傲慢（ごうまん）な様子が嘘のように、スッと不自然な仕草でトルステの前に膝をつき、その手を取った。あまりにも礼儀正しい振る舞いにカーライルは驚く。

「わけあって名を明かすわけにはいきませんが、あなたにお会いすることができて、光栄に思う者です」

……やっぱりヴェンツェルって偽名じゃないか。

カーライルは心の中で突っ込みを入れた。神であるヴェンツェルにとって、イヴェッタの母親であるトルステ相手には嘘をつきたくない、あるいはつけない、ということか。

「そうですか。わたくしもお会いできて光栄ですわ。海の匂いのする方」

「……」

トルステが微笑む。

え？　磯臭いか？

カーライルはヴェンツェルに視線を向けた。

じろり、と睨まれる。

いや、磯臭いわけではない。海の匂いと言いたいのだろう。違いは分からないが。

「実は、伯爵夫人がご存知であれば教えていただきたいことが……」

カーライルは、金の髪の令嬢がこの王宮にいるはずだが、と尋ねた。心当たりが大雑把すぎる。トルステは「数人、おりますが」と困惑した顔で答えた。

「その娘らではないな」

トルステがどこぞの令嬢、いつからいるなど、その金髪の令嬢の特徴を口で説明すると、ヴェンツェルが首を振った。

「会ってもいないじゃないか」

「分かる」

「…………」

トルステが頭の中で思い浮かべている姿が分かるらしい。神様だ、とカーライルは感動した。だが同時に、心を読むのは、無礼な振る舞いに入らないのかとも思った。

「……年頃の娘というのであれば、わたくしの心当たりはこれくらいです。お役に立てず申し訳ありません」

トルステはすまなさそうに頭を下げる。

「この王宮にいるというのは間違いないのですか」

カーライルはヴェンツェルに問うた。神であるヴェンツェルが間違えるはずはないと思うが、何か勘違いをしている可能性はないだろうか。

「あの娘がこの城に存在していることは分かる」

「気配のようなものですか？　その気配を辿れないのですか」

「できぬゆえにこうしておるのだが？」

なぜ当たり前のことを聞くのかと、ヴェンツェルはカーライルを気の毒なものを見る目で眺めた。

「……と、ところで、スピア伯爵夫人」

こほん、とカーライルは咳払いをする。

「実は我々は、料理を集めているのです」

令嬢探しを断念したのなら別の話題をと、カーライルは頭を切り替えた。丁度良いので、この優しい伯爵夫人にも一品提供してもらえないだろうか。

「まあお料理を。良いですね。わたくしもお料理は好きですよ」

「伯爵夫人ができますか？」

「あら、わたくしの世代の女性は皆、貴族であっても料理ができますのよ」

ルイーダには厳しい時代があった。確かに、トルステ・スピア伯爵夫人はその時代を生きてきた女性だった。

「貴族とは名ばかりの生活をしていた頃もありますの」

トルステが話すと、ちょっとした過去の困りごと程度にしか聞こえないのが、また人徳だろうか。悲惨な話を聞かせられたという負の感情を相手へ抱かせない。

こちらに同情させることもない。話し上手というのはこの人のようなことを言うのだろうか。

「あら、そういえば。わたくしったら、お二人を立たせたままでしたね」

失礼いたしました。何かお茶を出すべきだったのでしょう。と、トルステが立ち上がり、辺りを見渡す。

この離宮に放置されているとはいえ、彼女は伯爵夫人である。

王族をもてなすという貴族の義務を果たしたいというつもりらしかった。

けれど、トルステはここで貴族の婦人としてきちんと扱われているわけではない。侍女もいない。ただ放っておかれて、自分で自分のことをしている。この離宮では影のような存在だった。

カーライルはふと「あなたはなぜこの城にいるのですか？」と聞いてみた。

「なぜ……スカーレット様がそれを望まれているからですよ」

「しかし、王妃殿下はもうあなたに興味がないのではないでしょうか？」

イヴェッタが結婚してこの国に戻らないことは、知っているはずだ。多分。

つまり、スピア伯爵夫人がここにいる必要はないだろう。

ふとカーライルは、まさか神への人質だろうかと、そんなことを考えた。

イヴェッタ・シェイク・スピアの母であるトルステがここにいるということは、神々はこの城に手出しをできないということにならないか。

ただ、この城の者たちがそんな仕組みを知っているとは思えなかった。

イヴェッタをあっさりと追い出したような連中だ。そういうことを今更考えられるだろうか。

そしてカーライルは、伯爵夫人はイヴェッタが結婚したことを知っているのだろうかと思った。

知らなければイヴェッタが言っていないということで、カーライルの口から言うべきことでもないだろう。

「わたくしは貴族らしくないと顔を顰められることが多かったのです」

ふとトルステが口を開く。

「わたくしにとってスカーレット様は憧れなのですわ」

「憧れ、ですか？」

「ええ、そうです。男の方にはお分かりいただけないかもしれませんが。女というものは美しく気高い女性を見ると、憧れる気持ちが湧いてしまうのですよ」

「そうなのですか？　意外です。なんというか、その、女性というのは……自分より秀でた方を嫉妬したり、疎(うと)んだり、そういう感情を抱くものだとばかり思っておりました」

「お若いのね。カーライルさん」

トルステは微笑む。優しい。まるで母親のようにカーライルを見つめている。カーライルはやや、ばつの悪い思いがした。

ただ、カーライルが知る女というものの多くはそうだった。

自分より容姿が美しかったり、家の爵位が高かったり、宝石を多く身に着けていたり、自分と他人を比べる者が多かった。

口に出さなくてもまず目で、自分は相手より勝っているか。相手は自分よりも美しいかと。そういう自分とあちらのどちらかがという優劣の比較を無意識のうちにするような、そんな女が多かった。

いや、まぁ、イヴェッタがそれに当てはまるかといえば違うのだが。あれは人間じゃないので除外してよしとして。

トルステは続ける。

「カーライルさんはスカーレット様をご存知ですか」

「まだお会いしたことはありません」

「まぁ、そうですか。とても素敵な方ですよ。お美しくて誰よりも気高いのです。初めてお会いしたのはわたくしがまだ幼い頃だけれど、学園であの方のお姿を見るたびにわたくしはとても憧れたものです。あのように素晴らしい女性がこの世に存在するのかと。娘時代のわたくしはいつも、あの方の瞳に自分が映らないかと願っておりましたのよ」

「まるで恋をするようですね」

カーライルは不思議に思った。相手が王妃スカーレットであると聞いていなければ、淡い少女の初恋でも聞かされているような気分になる。率直な言葉にトルステは困ったような顔をした。

他国の青年相手にどう説明しようか一瞬考える顔をし、しかしその胸の内を相手に詳しく語るより他の話題に移した方がよいだろうと判断する。

「他国のお方がこの国でわざわざ料理を集めるのはなぜでしょう?」

問いかけられ、カーライルは事情を話すことに抵抗がなかった。だが、カーライルが何か答えるまでに、トルステは自分の中で答えを見つけた。あるいは多くの貴族の女性がそうであるように、自分は国の重要なことを何一つ知らなくても構わない。自分は必要なことだけを行う。求められるままに振る舞う方が万事うまくいくのだろうと心得ている顔。

「料理ですね。分かりました。何がよろしいでしょう」

「甘いものが続いていてな。別のものがよい」

ここで口を出すヴェンツェルは遠慮がない。

だが、この軟禁されている女性に何が用意できるだろう。カーライルは何でもいいですよと言いたかったが、美食の神はそれでは納得しない。

そういえば、トルステの前では舞台が始まらない。

「普段から何もかも演じているような女が、今更何の茶番をするというのだ」

と、ヴェンツェル。神のその言葉にカーライルは顔を顰めた。

イヴェッタ・シェイク・スピア。あの化け物を産んだ女。自分の娘が特別であることを誰よりも理解しているだろう女。それでも、自分の娘はただの可愛い女の子だと慈しみ続けてきたらしい女。

そもそもその女の精神がまともなわけがなかろうと、指摘する神の言葉。

カーライルの頭の中に何かが響いた。

疑問。疑念。誰が先代国王を殺したのか。

なぜ今その疑問が浮かんでくるのか。問いの答えは決まっている。殺したのは神だ。神の意思が裁きを下した。

それは間違いないはずなのに、なぜそのような疑問が提示されるのだろう。

（そもそもこの料理を献上する基準は何だ？）

ただ、出会った者に手あたり次第求めている節があるが、本当にそうだろうか。

トルステは勝手知ったる離宮の台所に向かった。そこにはいくつかの材料や調味料があった。

離宮に軟禁されているトルステが一人で生きていけるくらいのものが用意されているらしい。

貴族の夫人なら何もかもを自分でしなければならないことを屈辱に感じる。と、そのような女もいるだろうが、トルステはそうではなかった。

「さて、何を作りましょう」

トルステは楽しそうだ。

「昔よくこうして料理を作ったのですよ。イヴェッタが、あの子が生まれてからは、料理をするよりもあの子を育てることに一生懸命だったから……懐かしい」

何を作ろうか考えるトルステは明るく楽し気だった。

飾り気のない木のテーブルと椅子があり、ヴェンツェルとカーライルはそこに座った。鼻歌をうたう伯爵夫人の後ろ姿をただ眺めているよりはと、カーライルは何か手伝うことはないかと声をかける。

トルステはお礼を言って、カーライルに卵を割るようにと言った。

「卵ですか」

「えぇ、卵です。お願いできるかしら」

「もちろんです」

「卵を五つ割って、お塩と胡椒を入れてください」

言われた通りに行い、ボウルの中で丹念にかき混ぜた。

「空気を入れるようにしてくださいね。ふわっとなるようにしてください」

「分かりました」

カーライルは自分の母親とこうしたことはなかった。貧しかったが、王族であるが、こういうことを母としたことはなかった。

別にそれをどうかと思うこともないのだけれど、もしも幼い頃に母親とこういうことができたのなら、自分はきっと今とは違う性格になっただろうと、そんなことを考えた。

「何を作るのですか」

「お二人は先に何を召し上がったか伺(うかが)ってもよろしいですか」

カーライルはプラム・プディングと焼き林檎のバニラアイス添えを食べたと言った。

「まあ、本当に甘いものばかりですのね。どちらもイヴェッタの好きな食べ物だわ」

特にプラム・プディングはルイーダが「明るい時代」になった象徴のような料理だと話す。何しろとにかく砂糖をたくさん使う。贅沢ができるようになった証(あかし)だと。

「それに長期保存もできますから」

保存がきく料理は何かあった際に便利なのだ。言われてみれば、ルイーダの料理は確かに保存がきくものが多い。

イヴェッタ・シェイク・スピアが生まれ、どれほど国が豊かになろうとも、根底には貧しく苦しかった頃の国の思い出が残っている。

「伯爵夫人」

「何でしょう」

「質問をしてもよろしいでしょうか。作りながらで構いません」

「まぁ、何かしら。わたくしに答えられることでしたら」

ええ、と、トルステは手元を動かしたまま頷く。

「王弟ビル殿下のことです」

「あら、お懐かしいお名前だこと」

知り合いだったのかと聞くと、年齢が近かったこともあり貴族の交流の場でお目にかかったことはあるが、あちらが若い頃の自分を認識していたかどうかは分からないと答える。

「交流といえば、まだイヴェッタがわたくしのお腹の中にいた頃。伯爵領にいらっしゃったことがありましたね。わたくしは身重だったのでお会いすることはありませんでしたが、過分なお祝いの品をたくさんいただきましたよ」

カーライルはビルという男が分からなかった。そして、その不明な人物を、目の前にいる化け物性を持った女性はどのように評価するのか。

「私は生憎とお名前しか存じ上げないのですが、どんな方だったのですか」

「とても気さくな方でしたわ。明るくて、お優しい方でした」

「ではなぜ、その善性を持った方が、兄である国王陛下に毒を盛ったのでしょうか」

ピリッと一瞬空気が凍りついたような気がした。カーライルはハっとして自分の手元を見る。

卵はうまく混ざり合い、トルステが「ありがとうございます」と言って、ボウルを受け取った。

「あのお茶会のことですね。わたくしは何かを詳しく知れる立場ではありません」

「けれど、私よりは知っていることが多いのではありませんか」

「わたくしが自分から何かをしようとする女に思えますか」

それはそうだ。カーライルは納得してしまう。だが、ここで質問を終えると何も得られない。

「ただ、伯爵夫人から見て、ビル殿下は毒を盛る理由があったように思われますか」

「いいえ。そのような方ではありません。ビル殿下はテオ陛下を敬愛していらっしゃいました。それは誰もが知ることです。あんな恐ろしいことをなさる方だとは誰も思っていないでしょう」

だが、事実ビルは処刑された。テオを暗殺しようとした犯人であると公式に記されている。

そもそも、あの茶会では人が死にすぎている。人数にすれば三人。たった三人、と思えなくもない。だが、三人も同時に死ねば十分だろう。

「さあ、できましたよ」

トルステがいつの間にか出来上がっていた料理を皿に盛りつけた。カーライルが割って溶いた卵は、細かく刻んだジャガイモに絡めて油で揚げられた。油の量はそれほど多くはない。

カリッと揚がったジャガイモの上に何か真っ白いクリームが載る。生クリーム、ではないな。

「サワークリームというのですよ」

生クリームとヨーグルトを合わせて発酵させたもの。ドルツィアでもソーセージと一緒に出されることがある。

素朴な料理といえばそれまでだった。だが、先ほどから甘いものを食べていたカーライルにはありがたかった。

濃いコーヒーと一緒に揚げたてを口にする。これがなかなか合った。

ヴェンツェルも満足したようで、無言でサクサクと食べている。借りてきた猫のように大人しい。トルステの前だからだろうか。

サクサクと歯ごたえが良い。油が多くないので、もったりと胃に来ることもない。サワークリームの酸味とジャガイモの素朴な甘さがよく合う。

「これに甘いジャムを載せて食べてもいいのですけれど。お二人はもう甘いものは十分でしょうから」

「ありがとうございます」

カーライルは感謝を伝える。この料理は貴族の女性が出す料理らしくなかった。というよりは、外に遊びに出て小腹を空かせて戻ってきた子供たちに、母親がそっと振る舞う料理のような気がした。

「わたくしからも、カーライルさんに質問してもよろしいかしら」

皿の上の料理を食べて、コーヒーを飲んで一息ついたカーライルに、トルステが話しかける。

「はい、何でしょう」

「あなた方はこの城で料理を集めるとおっしゃっていましたね」

「えぇ」

「ではスカーレット様にもお会いするのでしょうか」

……まぁ、多分。

スカーレット王妃。

なんとなくラスボスのような気がして、カーライルはあまり関わりたくはなかった。

答えないでいると、突然、バタン、ボタン、トントン、と、何か割れるような音。

そしてカチカチカチと、歯車の音がした。

「お前の腹の子を私に寄越しなさい」
パッ、と照明がついた舞台。いつの間にか場面が変わっている。舞台にいるのは二人の女。

一人が大きな腹をしている。もう一人は黒いベールをすっぽりと頭からかぶっていて顔が見えない。だが美しい金色の髪をしているのは分かった。

顔は見えないのに、その声音が彼女の必死さを伝えていた。

お腹の大きな女はトルステだ。

まだ少し若い。

金髪の女はトルステの肩を掴み、言葉を続ける。

「お前の腹の子。それはただの子供ではないでしょう」

「なぜそのようにおっしゃるのです?」

「ハッ、馬鹿にするな。明らかにおかしいもの。その子を腹に宿してから。お前の周りがおかしい。あり得ないわ。なぜ何もしていなくても農作物が実る。なぜお前の領地だけに十分な雨が降り、穏やかな気候が続くのです。なぜお前の周りだけ笑顔が絶えないのです」

女はトルステに詰め寄った。

「お前の腹には一体何がいるのです。お前は何を宿したのですか」

しかし、詰(なじ)るような、罵倒(ばとう)するような言葉を投げつけられても、トルステは目をパチリ、パチリとさせて困惑するのみだ。ただ、どこか嬉しげに頬を紅潮させていた。

カーライルの中にトルステの感情が流れ込んでくる。

嬉しい、という女の感情だ。

自分のことなど、路傍（ろぼう）の石程度にも思わなかったスカーレット様が、今こうも必死に、わたくしを見てくださっている。

トルステの胸の内にあるのは歓喜だった。

自分が取るに足らない存在だったことは、彼女にとっては別に何か思うことではなかった。

だが、スカーレットの瞳に自分が映っていることが嬉しかった。

その感情がカーライルにも流れてくる。

「スカーレット様にはもうお子様がお二人もいらっしゃるじゃありませんか。美しい王女様に王子様。おめでとうございます。スカーレット様。一体何をそんなに焦っていらっしゃるのですか」

「女の王族など何の役にも立たない。息子も、あれでは駄目だ。あれでは王位を継げる器（うつわ）には育たない」

「まだ生まれたばかりではありませんか」

「赤ん坊でも才覚というものがあるかどうかは分かります。少なくともあの子にそれがないことは私が一番よく分かるのです」

トルステは困った。順風満帆に思われた王妃様の胸の内を明かされた。自分のようなものがそのお心を知ったとしても、何もして差し上げることはできないと分かりきっているからこその申し訳なさ。

スカーレットとしては独り言のつもりだったのだろう。目の前にいるのは取るに足らないとろとろとした女。その彼女の前で泣き言を漏らしたとて、壁に話しかけるようなものだった。

ただ、スカーレットにとってトルステの腹の中にある何か。それがただただ恐怖だった。

この、何のことはない女の中に、なぜ特別な存在が宿ったのか。

「お腹の子はわたくしの子です。伯爵家のものです。男の子が上に二人いるので、弟でもいいですし、妹でもいいですけれど、わたくしの子ですわ」

トルステは呑気に言う。こういう時に何を言えばいいのか分からない彼女だが、相手に、無害で能天気で無邪気なだけの相手だと侮られるにはどういう言葉を吐けばいいのかは分かっていた。

だがスカーレットは首を振る。

「男でも女でも構わない。男であれば私の娘、カッサンドラの夫に。女であれば息子、マーカスの妃にどうです」

この発言には、さすがにトルステも驚く。伯爵家に、それも地方の大して力もない家門の子に、スカーレットが直々に、自身の子と婚約させる意思があると示しているのだ。

「スカーレット様、わたくしが判断できることではございません。それはわたくしではなくて、夫に」

「お前は自分で何一つ判断ができないのか」

トルステの言葉をさえぎって、スカーレットは強く言った。

「お前の腹の話をしているのですよ。お前が腹の中で育てている生き物の話をしているのです。種をつけた男ではない。今その子と同じ体をしているお前に話をしているのだ。お前が決めるべきだろう」

そのように言われても、トルステにはどう答えればよいのか分からない。もちろん、トルステはスカーレットを喜ばせたかった。

学生時代に憧れ続けた美しい貴婦人。この方のようになりたかった。けれど、自分の髪は黒かった。黄金に輝く彼女のようにはなれない。

可憐な野の花に例えられるトルステだったが、スカーレットは王宮の美しい庭園の薔薇のようだった。

野の花は温室の薔薇にはなれない。

そんな美しい薔薇が自分に何かを求めてくださっている。それはとても嬉しいことだった。

なんとかしてスカーレット様の願いを叶えて差し上げたいと思う。

しかし、トルステはここで頷くことはできなかった。

ベール越しにも分かる、必死な女の形相。一種の憐れみさえ誘うスカーレットの様子。

ここで自分が少しでも頷けば、彼女がほっと安心してくれるだろうと分かっていた。

けれど頷けなかった。

夫の答えが欲しかったのではない。

トルステとて、自分の子供のことを自分が決めることができると言われれば、確かにそうなのかなと思った。

自分の母親がそうであったように、結婚相手というのは親が決めるものだ。

お腹の中の子供が女の子であるのなら、結婚相手は母親が決めた方が良いこともあるだろう。

だから、もしお腹の子供が女の子であればスカーレットの次男、この国の第二王子殿下のお相手に、是非にと答えるのは、とても名誉なことのはずだった。

けれどトルステはそうは答えない。

心に湧く感情。

スカーレットを喜ばせたいという思いともう一つ。

(この方がわたくしなどに頼るのは……見たくない)

そんな女は、スカーレット様ではない。

トルステの拒絶。

目の前にいるのは哀れな女ではなくて、気高いスカーレット様でなければならなかった。

必死に、縋るように自分を見る女は、トルステの敬愛するスカーレットではなかった。

かつて彼女が無視し続けた、取るに足らない女程度が、この国で最も気高く美しい女性にとって「重要な」存在であってはならない。

答えないでいるトルステに、スカーレットは何もかもを悟った。

そのベールの奥の瞳には絶望が浮かんだが、すぐにそれを打ち払う。唇を噛みちぎるほどに噛み締めた。

スカーレットとて、トルステ相手に何度も縋ることは自尊心が許さなかったのだろう。

体を震わせ、何かに耐えるようにし、トルステの方まで聞こえるほどに低く唸る。

そうしてさっと、踵を返して去っていく。

その去り行く姿を眺めながら、トルステはほっと息をついた。

「ああ、これで良かった。これであの方はもう二度と、わたくしに縋ったり、頼ったりなさるような、らしくないお姿を見せたりはなさらないでしょう」

嵐が無事に過ぎたというほど大げさに、トルステはほっとして、胸に手を当てた。

お腹ではなく、自分の心を抱きしめた。

大切にしたいのは、少女時代の淡い心。

子供の幸福というのは、あとでいくらでもどうにでもなるだろう。特にお腹の子供は、おそらくトルステが何もしなくても幸福になるだろう。

「知りたくなかったなァ!! こんな展開！」

カーライルは顔を両手で覆った。

知りたくなかった。何、この情報。

舞台の上に残ったトルステが棺に納められ、ヴェンツェルの前に料理が運ばれてくる。

「随分と毒々しい女だったな」

真っ白いサワークリームにバルサミコソースをかけながらヴェンツェルは呟く。

「理想的な母性を持った善人だったはずなんだが……！」

「あの女がか。貴様の目は節穴か。憤怒を腹に宿した女の精神がまともなわけがないだろう」

神でさえトルステ・スピアは恐ろしいというような表情をヴェンツェルは浮かべる。大人しかったのは、トルステに存在をはっきり認識されたくなかったからだとまで言った。

「嘘だろ……知りたくなかったんだが……こんな裏話……！」

カーライルは何度も首を振った。だが、現実というのは無常である。

トルステ・スピアという女の胸の内を聞いて、ある種の告解を示されて、棺にしっかり、納められた。

こうして、三つ目の料理が神に捧げられたということだ。

「というかこの棺何なんだよ」

そもそも何で、料理を提出すると棺に人が納まっていくんだよ。

あれか、生贄か、生贄なのか？

カーライルは混乱する。そもそも料理を捧げればいいという話なのに、何で棺が出てくるのか？

だが、ヴェンツェルはわざわざカーライルの言葉に答えはしない。

捧げられた料理をパクパクと食べる。先ほど食べたのとは別だ。人の思い出や感情が詰まったのが皿の上に載せられたということだろう。

「というか、イヴェッタの母親なんだが、いいのか？」

「憤怒の竜の母親だが、切り花ではなかろう。花の手入れをしたというだけのもの。お前たちは庭師に敬意を払うのか。庭師に恭しく頭を垂れるのか？」

「イヴェッタが悲しむぞ」

「私は憤怒のことなどどうでもよいのだ。それよりも。なるほど」

何かヴェンツェルが思案した。

「そうか。なるほど、そういうことか」

「勝手に納得しないでほしいんだが」

何が分かったのか。情報を共有してほしい。

しかし美食の神様はカーライルのことなどどうでもいいので、彼が気にしていようと、自分が何を考えているのか、教える優しさはない。

それよりも、さぁ次の料理を探そうかと、美食の神はご所望だった。

4章　マリエラ・キファァナ公爵令嬢のフルーツサンド

子供の頃の記憶。

一番古いわけではないけれど、子供の頃というと思い出されるのはいつも同じ場面だった。

由緒正しい公爵家の、代々受け継がれた屋敷。壁紙や照明は母の好みになっていて、本来は落ち着いた雰囲気の屋敷。

「いいか、今日は俺が主役なんだからな。お前は一応連れてってやるけど、余計なことは何もするなよ」

自慢げに何か言い放っているのは兄だった。

公爵家の長男として生まれ、何不自由なく何もかも与えられたのに。それに引き換え自分はどうだろうか？

マリエラは、自分が公爵令嬢らしくないと言われていることを知っていた。

何をしてもそれほど成果はない。兄は優秀だった。同じ家庭教師が教えてくれているのに、自分は兄ができているように物事を理解していなかった。

「父上は気まぐれだからな。本当はお前なんか、行っても意味はないんだからな」

「はい、お兄様」

兄の言葉にマリエラは頷くが、兄はそれでは気に入らないようだった。

「ちゃんと分かってるのか」

「もちろんです。お兄様」

「いいか、俺が選ばれるんだ。美しい令嬢らしい。伯爵家の女の子だ。彼女を手に入れれば、俺は王様にだってなれるんだ」

兄は何を言っているのだろうか？

マリエラには分からない。ただ珍しく自分も外に出ていいと、パーティーに参加していいと言われて、それは嬉しかった。

マリエラは家族がいつも「お前はみっともない」と言ってくる意味を分かっていた。自分が地味な栗色の髪をしていて、暗い顔であるからだ。

自分はきっと、この家の本当の子ではないのだろう。

兄は顔立ちが整い、父親とよく似ている。

母も美しいのに、自分だけこの家の家族ではないような容姿だ。

「お前がそうやってみっともなくウジウジしていたら、もしかしたら伯爵令嬢が同情して、お前を友達にしてくれるかもしれないな」

「あら、でも本当に大丈夫かしら？」

「お母様」

いつも着飾った、華やかな母が子供部屋にやってきた。

「だって、うちの子は確かに世界で一番素敵だけれど、相手は王子様に決まっているのでしょう」

「母上。だから何だというのです？」

公爵家の嫡男である兄は、母親よりも自分の方が「上」だと考えている。母親相手でも遠慮のない口を聞いた。

「これだから、女性というのは心配性ですね。いいですか母上、我がキファナ家は王家を支えてきた名門中の名門ですよ。大して力のない王族に嫁ぐより、我が家に嫁いだ方が伯爵令嬢にとっても幸福なのです」

息子の無礼な言い方を、母は「何て堂々とした意見を言えるのかしら」と感動したようだった。

「まぁ！　えぇ、えぇ、そうね。お前の言う通りだわ。第三王子などよりも、お前の方がよほど優れているし……えぇ、そうね」

にこにことキファナ公爵夫人は嬉しそうに微笑んだ。

母が嬉しそうなので、マリエラは今日は食事を抜かれないで済むかもしれないとほっとした。

「それに第三王子を気に入ったのは顔という噂じゃないですか」

「えぇ、そうだと聞いているけれど」

「なんとも子供らしい。そうであればなおさら、伯爵令嬢は第三王子などより僕を選ぶでしょう」

自信満々に言い放つ兄。マリエラはなぜ兄がこうも自信過剰なのか疑問だった。確かに兄は美しい容姿をしているけれど、第三王子様の美しさは国でも評判だと知らないのか。

それとも、鏡に映った自分の姿は、人が目に見えているものと違うのかもしれない。

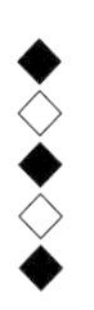

そうして数日後、マリエラはパーティーに参加していた。
公爵家で毎日のように母が開いているお茶会と大差ない。いや、参加者が子供だという点では随分と違うが。
豪華さは公爵家と変わらなかった。
主催をしたのは前の王様だと聞いている。

子供が喜びそうなお菓子が山のようにあり、普段マリエラが目にしているお菓子よりセンスが良いと思った。母は、お菓子は大きくて砂糖をたくさん使えばそれで立派だと思うようなところがある人だから。

もちろんこれまでマリエラは、母が開くお茶会に参加したことはない。みっともないから表に出るなと言われていて、いつも窓から眺めるだけだった。

そのお茶会に自分が参加できている。

なんとも不思議な気持ちだ。

今日は自分もこのお菓子を食べていいのだと思うと胸が躍った。

兄や父たちはマリエラが目立たないことを望んでいたし、マリエラもそう思っていた。

絵本を持っている少女がいた。

自分より少し年上の女の子だ。黒い髪に菫色の瞳の可愛らしい子。

彼女が微笑むと誰もが頬を染めて、彼女に自分を見てもらいたいと思うような。

(ああ、きっと彼女が兄の言っていた子なんだわ)

マリエラは理解した。

彼女は何もかも自分で選べる立場なのだろう。自分とは違う。

マリエラは公爵令嬢だった。

何もかも親の言う通りにするべきだった。
何をしゃべるかも、何を選ぶかも。父と兄そして母の言う通りにしなければならない。
黒髪の女の子は絵本を持っていた。
女の子が読むような花や妖精のことを書いている本ではない。
「ねぇ、その絵本、どんなお話なの？」
マリエラが思わず声をかけると、黒い髪の女の子は顔を上げた。
何でも選べる、何でも手に入る子はどんな本を読むのだろうか？

「愚かなこと」
自分を見下す言葉が吐き捨てられて、マリエラは夢から覚めた。
壁に寄りかかって目を閉じていて、いつの間にか寝ていたらしい。目の前、格子の向こうに女がいた。

「あら、王妃様」

すえた臭いのする地下牢。

薄暗く、鼠の声があちこちから聞こえる。

「愚かな小娘。その顔で、その声で男をたぶらかして、何もかも手に入れられると思ったのか」

見下ろしているのはお年をめした女。

このルイーダで最も高貴な女性である。

スカーレット。

マリエラがじっと見つめ返すと王妃は顔を顰めた。

「おぞましい娘だこと。この国を滅ぼそうなどと……させるものか」

「国を滅ぼそうとしたのはあんたでしょ」

この女が余計なことをしたと、マリエラはそう認識している。

しかしスカーレットの認識はマリエラとは異なった。金髪の王妃は、己こそこの国に最も必要な存在であるという自負があるようだった。

「私のおかげでこの国は未だに形を保てているのですよ」

この女は本気で言っているのかと、マリエラは呆れた。

「あたしの家族を殺したくせに」

「ハッ、どの口が申すか」

黄金の薔薇の花のような王妃はマリエラの言葉に短く笑い、吐き捨てるように言った。エルフの国からマリエラが帰ってきて最初にしたことは、第三王子ウィリアムを担(かつ)ぎ上げて玉座を狙うことだった。

復讐。報復。因果応報。呼び方は何でもいいのだけれど、マリエラは自分の憎悪の先は王妃スカーレットにすると決めて、そのように挑んだ。

その結果が、この地下牢。

「お前ごときが、この私を殺せると？　この私を引きずり降ろせると本気で思っていたのですか？」

「…………本気だったわ」

マリエラは答えたが、スカーレットは目を細めた。

少なくともウィリアムは、マリエラがそう望んでいると信じていただろう。マリエラもそのように口にした。

第三王位継承者。国王テオに最も似た美しい王子。イヴェッタ・シェイク・スピアを「悪女」であると、「魔女」だということにすれば、周囲にどこまでもそれを信じさせれば、それなりの台本として機能すると語っていた。

ちなみにその台本については、イヴェッタがいる目の前で話された。ウィリアムの発言をイヴェッタはにこにこと微笑みながら聞いていて、それでいいのかとマリエラが問うと、菫色の瞳の女はさらりと「実際はもっとたちが悪い存在ですのに、悪女だの魔女だの、かわいらしい表現じゃありませんか」と言い放った。

「……ウィルは？」

「心配せずとも、お前と同じく処刑してやる。同日にできるかは……少々難しいやもしれぬが。できる限り日にちは開かぬ方がよかろう？」

「彼は王子よ。殺すなんてできないはずよ」

マリエラは、スカーレットが自分を動揺させたくて言っているのだと考えた。ウィリアムは王族だ。母親の身分だって、低くはない。できたとして、せいぜい王位継承権のはく奪と監禁くらい。命を奪えるわけがない。

「ほほほほ」

「何がおかしいの」

「その程度のおつむでよくもまぁ……私の敵になろうなどと思い上がれたものだ」

憎しみや哀れみを通り越して、いじらしささえ感じてくるとスカーレットは微笑んだ。

「私が息子の王位を脅かす存在を生かしてやると思うのか？　余計なものは退場させるに限る」

「あぁ、そう。そうよね。そうやってあんた私の家族も殺したんだものね」

「……何の話です？」

「知っているって言ってるのよ。イヴェッタは、あのぼんやりした伯爵令嬢は、あんたにとって、凶器だったんでしょう。都合の良いナイフだったんだわ」

マリエラは自分の考えを口にした。

イヴェッタ・シェイク・スピアは、キファナ公爵を呪っていない。それを事実とすると、あのお茶会で先代国王が神の裁きによって死んで、その直後に「不審死」をする者は、それが同時に死んだ公子の家族であればなおのこと、同じ天罰だと扱われる。

「恐ろしい死に方をさせれば、何もかも神に愛された娘のために、神が天罰を下したと、そんな風に勝手に思うわよね。それって、誰にとって一番都合がいいのかしら。それって、殺人犯にとって都合が良すぎるわよね。何もかも、神様のせいにできるんだものね」

「恐ろしいことを言う娘だこと。さすがはイヴェッタ・シェイク・スピアを陥れただけはある」

「私の敵はイヴェッタじゃないわ。最初から言ってるでしょう。私の敵は王家だって」

「愚か者めが。小娘ごときに、この国を滅ぼさせるものか」

マリエラは、スカーレットがこの国に対しての思いを語る声だけは、真実のように感じた。

この国を自分だけが守っているというような顔をして、それを口にしている女。

けれど、スカーレットがイヴェッタを凶器にしている事実がある。

……イヴェッタが追い出された卒業式の後の記念パーティーの参加者は、今も死ねない苦しみの中で呻き続けている。けれどそれは、冥王が「死なれると困る」と、死を拒んでいるだけで、死ぬほどの毒を盛ったのはこの王妃ではないか。

この女は何を考えているのだろう。

イヴェッタが追い出されたのは、マリエラがウィリアムに自分を妃にするように言って、婚約破棄をされたからだ。

だが、そのイヴェッタが出ていったことで多くの子息子女が死ぬ結果になったとして……それがどんな意味を持つのだろう。イヴェッタのせいで死んだ、として。イヴェッタが魔女だ、なんだと言われたとして……

(王妃はイヴェッタが神の切り花だって、分かってる人間のはずでしょう)

冥王が余計なことをして事態は悪化しているが、それがなくとも、イヴェッタを憎む者が出ただろう。

「これでそなたは死ぬ」

自分の生死についての感情はマリエラにはなかった。

ウィリアムと結婚してスカーレットに復讐すると息巻いてこの国に戻ってきたけれど、これまで甘やかされるだけだった自由奔放な第三王子。誰からも期待されていないからマリエラが近づくのも容易だった王子が、公爵家を実家に持つ第二王子を産んだ王妃にかなうわけもなかった。

マリエラには信奉者がいたけれど、その貴族たちは「イヴェッタを追い出したことは間違っていないと思いたかった」小心者が多い。

スカーレットの派閥である、昔からの、この国の貧しい時代を生き延びてきた貴族たちと戦うには、あまりにも役者が役に合っていない。

勝敗など知れたものだ。

なのになぜ挑んだのか。

マリエラはウィリアムのことを考える。

そもそもマリエラは、自分がスカーレットに勝てるとは、本心では思っていなかった。ただ、自分の台無しにされた人生に対して、本来戦うべき相手を殺されて、自分が思い描けたはずの未来に後ろから汚泥を浴びせられて、それを受け入れて全てを洗い流すことをしたくなかった。

ウィリアムに結婚しよう、と声をかけたのはマリエラだった。

イヴェッタ・シェイク・スピアの結婚式。

エルフの国で、花と光と宝石に輝く黒い髪の、かつての婚約者の姿を見つめるウィリアム。

その顔には「そうか」と、納得するような表情が浮かんでいた。

マリエラは自分が、ウィリアムにこの顔をさせたのだと理解していた。マリエラ個人の感情で言えば、ウィリアムという男はけして憎むべき理由のある人間ではなかった。

王族で、誰にも期待されていなくて、でも、顔が良いというだけでイヴェッタの婚約者に選ばれただけの、ただの人間だった。誰からもまともに愛されず、マリエラがちょっと優しくすれば大げさなくらい喜んで、自分が渡せるものなら何でもマリエラに差し出して、彼女に自分を見続けてもらおうと必死な、子供だった。

マリエラは自分が二人に近づかなければ、イヴェッタとウィリアムは静かに暮らせただろうと想像できた。イヴェッタの写真をずっと肌身離さず持っていたような馬鹿な男。イヴェッタだって、ウィリアムのことをちゃんと知る時間があれば、二人はありきたりな恋物語の「すれ違ったけど、お互い思い合うことができました」というめでたしめでたしを迎えられただろう。

それを奪ったのは自分だ。ウィリアムは王族でマリエラの復讐の対象だったけど、それはそれとして、ウィリアムの幸福を奪ったことに何も感じないでいることはできなかった。

だから、マリエラは声をかけた。

死ぬつもりの自分と結婚を、なんて、思えばなんて愚かなことをしたのだろうとマリエラは呆れる。

ただ、そんなマリエラを見て、手を取ったウィリアムはマリエラの幸せを願ってくれた。

スカーレットを王妃の座から引きずり降ろさないと、自分の人生を歩き出せないというのなら、それを手伝うと誓った。

「……」

あの時のウィリアムの目を、マリエラはよく覚えている。

自分だって苦しいくせに。

自分だって、幸せが何なのか分かっていないくせに。

ウィリアムはマリエラを魔女から救う王子様になる、と、そんな決意をしたのだ。

「……今この国では、誰も死ぬことはできないわよ」

スカーレットがいくらウィリアムを邪魔だと思って処刑しようとしても、死にはしないとマリエラは言った。

「そうか。しかし、そなたはどうであろうな、小娘。神の娘（イヴェッタ）を追い出す理由となったお前を神に捧げれば、神は何もかもお許しになるのではないか」

勝ち誇る女の顔。

神を信じているのかと、マリエラが驚くほど、彼女の中ではマリエラの命で何もかもが贖（あがな）えると、そのように決まっている事実を告げられた。

あの冥王が、そんなことを認めるだろうか。

マリエラは冥界で見たハデスを思い出す。イヴェッタのこと以外何の関心も示さなかった根暗そうな大男。ハデスというのは、マリエラでも知っている、上位の神だ。

ハデスはイヴェッタのために、マリエラを生かした。身代わりにするためだ。マリエラはそのことに関して何か思うことはない。あっさりスカーレットの毒で殺されて何も分からないまま死ぬより、ずっとマシだ。

だから、ハデスがマリエラの命を捧げられて、スカーレットの願いを聞き入れるとは思えない。

しかしスカーレットは、驚き何も言えないでいるマリエラを残して去っていく。

地下牢にはまたマリエラが一人取り残された。

「あーあー、あのな。ものすごく言いづらいんだが、今話しかけてもいいいか」
スカーレットが去った後、一人じっと、牢屋の中で蹲っているしかないマリエラに、誰かが話しかけてきた。
「何、あんた？」

いつの間にやってきたのだろうか。

顔を上げれば、茶色い髪に白い顔の青年。年齢は、ウィリアムとあまり変わらないだろうか。困ったような顔をして、「あー」とか「うーん」という言葉を繰り返している。優柔不断、軟弱そうな男だと、マリエラは判断した。

「もっと堂々とせぬか。貴様、皇帝だろう」

その青年の隣にいるのは青い髪の大男だ。

真っ白い肌に、威圧感。どこか人ならざる雰囲気を感じる。

「いや、待って本当に……ヴェンツェル殿……！　相手は未婚のレディなんだ。こういう場所にいることを、そもそも初対面の男に見られたくないだろう」

「そういうものなのか」

「貴族のレディだぞ⁉　家族以外には、きちんと侍女に整えられた姿だけを見せたいものだ」

「……何なの？　あんたたち」

茶髪の青年は、マリエラが再度問いかけると、困ったような顔のままヘラヘラと笑った。この世の軽薄さを全て集めて人の形にしたような青年だ。

何かマリエラは容姿の特徴と大男の言葉から、この青年の正体には心当たりがあった。

「ドルツィア帝国の皇帝カーライル陛下がどうしてこんなところにいるの」

「俺のことを知っているのか？」

「ウィルが少し話してくれたことがあるの。あんたイヴェッタの友達なんでしょう？」

「友達というか腐れ縁というか……俺の人生の不幸の半分は自業自得なんだが、残りの半分はあいつのせいだ」

「あら、そう。でも、イヴェッタは望んで誰かを不幸にしているわけじゃないわ。イヴェッタに関わる大半が、彼女を不幸にしようとした気持ちをそのまま跳ね返されてるだけよ」

マリエラが答えると、カーライルは少し意外そうに沈黙した。

「何よ」

「いや、噂では君は、イヴェッタという魔女から国を救った聖女。あるいはイヴェッタという聖女を追い出し、この国を滅ぼそうとする魔女。そのどちらかが正体だと言われてるんだが……なんだただの、あいつの友人なのか」

「……で、何の用？」

「……あぁ、そう……うん。こんな状況で悪いんだが、突撃、隣の晩御飯というか……」

「は？」

言い淀むカーライルにマリエラはイライラした。

「……何なの？　牢にいる女を観光にでも来たの？」

「いや……そんなつもりはないんだが……」

睨み飛ばしてやっと、カーライルは事情を説明した。自分の国がこの美食の神ヴェンツェルによって、国民が石化されている現状。そして、ルイーダを含むこの大陸を沈めるという神々の決定。

けれどヴェンツェルは、この世界にはまだ救う価値があるとカーライルに提案してきたのだという。

それは料理によって証明され、そのためにカーライルは、美食の神に捧げるための料理を探している、らしい。

「馬鹿なのあんた？　嘘でしょう、それ。どう考えても。そもそもそいつ、美食の神じゃないじゃない」

と、説明を受けたマリエラはきっぱりと吐き捨てる。

「というと、何だ。小娘。私は何だ？」

「私が会ったことのある神に、あんた少し似てるわ。気配っていうか、力の大きさっていうか……似てるのよ。だから、美食の神なんて聞いたことのない、そんなマイナーな神じゃないでしょう。あんた」

それ、と言われても美食の神は怒りもしなかった。

ただ面白そうに目を細めている。マリエラは自分の言葉をまともに受け取る気のない神に挑むように言葉を続けた。

「神を前に恐れを知らぬ小娘だ」

「神様っていうのは敬われることに意味があるんでしょ。敬ってないもの、私」

「ハハハ。さすがは全裸で神を罵った小娘だ」

その場にいたわけでもないのに知っている。神というのは覗き見ができるらしいから、それくらい知っているだろうとマリエラは驚かなかった。だが二人の会話を聞いていたカーライルは顔を引き攣らせる。

「え、お前そんなことしたのか……？」

「いいじゃない。別に私が何をしようと死なないんだから」

「そういう問題か……まあとにかく、何か料理をくれないか。でないと色々進まないんだ」

「あのねぇ、あんた。この状況で言うの？　私、もう3日は食べてないんだけど」

牢の中。反逆者相手に丁寧に食事が出されるわけがない。マリエラは空腹には慣れていた。キファナ公爵家が死に絶えて、彷徨(さまよ)った時代に腹が減って動けなくなることはたびたびあったからだ。

水だけでも生きていけるのは、冥王が餓死というのを認めていないからだが、空腹で苦しい中でも、別にこの程度は発狂するほどの苦しみではないというマリエラの半生があるからだった。

「ここで何か料理を出せというだけじゃないんだ。思い出の中の料理でも構わない」

「何で今ものすごくお腹の空いてる私が、過去の思い出でお腹を空かせないといけないのよ」

あえて食べ物のことを考えないで紛らわせていた空腹を、自分から追い込まなければならないのか。

けれど、料理と言われて思い浮かぶものがないわけではない。

「何でもいいの？」

「何でもいいわけではないのだが」

ヴェンツェルが言葉を挟む。

「神に献上するに相応しい料理か？」

「さぁね。でも今、料理って言われて、ちょっと思い出したことがあるのよ」

まだマリエラがウィリアムを騙そうとして、学生の顔をして学園で過ごしていた頃のことだ。

本来マリエラはイヴェッタやウィリアムとは年齢が違う。二つ下だ。一緒に卒業できる年齢ではなかった。

けれど、ウィリアムに近づくため、同じクラスになる可能性を少しでも上げるために、マリエラは年齢を偽った。

2年というのは大人にとっては些細な年齢差だが、子供ではそうはいかない。特に勉強についていて、マリエラの頭では理解できないことは多かった。

それでも必死に勉強した。

マリエラが自分のために使える時間は限られていた。

少し一人になりたかったこともあったが、マリエラはウィリアムを誘惑しなければならなかった。そのためには知識が必要で、十分な礼儀作法を知らない田舎娘は、王子の傍に近づくこともできなかった。キファナ公爵家で教えられてきたことは、半分もマリエラの役に立たなかった。その事実を知るたびに、自分は本当に、あの家に何の期待もされていなかったのだと突きつけられたような気がした。

ある時、学園の中庭で静かな場所を見つけた。

陽の当たる温かな場所だった。

そこはとても良い場所であるのに、生徒達はなかなか認識できないらしい。誰か高位貴族のお気に入りの場所だったら大変だと思って、それとなく人に聞いたけれど、誰もが「そんな場所あったっけ?」と、不思議そうな顔をした。

学園では昼休みを屋外で過ごす者は多いけれど、その場所だけはまるで誰かの特別な場所だというように、誰もそこで過ごすものはいなかった。

暫くしてマリエラは、イヴェッタ・シェイク・スピアがそこで過ごすことが多いと知った。

けれど、それを意識しようとすると頭の中がぼんやりとする。

今思えば、あれは神の意思とかそういうものの介入なのだろう。

彼女が穏やかに過ごせるようにという親心のつもりなのだろうか。少し考えれば、どうしたって余計なことだ。彼女がますます孤立するだけだった。

「その場所で、イヴェッタは本を読みながらいつも楽しそうにしてたのよね。まぁ、あの子は今はどうでもいいんだけど……私が思い出したのは、そこであの子が食べていたサンドイッチなの」

「……サンドイッチ？」

そのどこが、神に献上してもいい特別なものなんだ、とカーライルが顔を顰めた。

「あんた、食べ物に興味ないの？」

「胃の中に入れば何でもいいだろう」

「……何でこんなのに世界の命運を託したわけ？　ヴェンツェルとかいうあんた……アホなの？」

「一国の皇帝というのは、最も良いものを食べられる立場なのだろう。人選は間違えてないと思うのだが」

「地位と人間性は別の問題ね。地位が高かろうが、人間性がクズのやつは多いのよ。この国のテオとか、そうじゃない」

「俺の人間性の話はさておき……テオ殿の話なら、先ほどちょっと色々あったので……その意見にはあまり同意したくないんだが」

自分が馬鹿にされるのはいいが、テオは、あれで色々あったんだろうとカーライルは認めたので、マリエラの言葉に待ったをかける。

しかしマリエラはカーライルの言葉を無視した。彼女はスカーレットがキファナ公爵家を滅ぼしたのを黙って見ていた、とは思わないが、気付かなかった罪がある。

何でもかんでも神の天罰だと恐れて知ろうとしなかった王は、愚かでなくて何なのか。

「まあ、とにかく話を戻すわよ。サンドイッチっていうと、簡単すぎるものを思い浮かべるわよね。でも、あんたたち、フルーツサンドって知ってる？」

「フルーツサンド」

「聞いた感じ、果物が入っているものか？」

ヴェンツェルが首を傾げ、カーライルが考えを口にする。

「そうよ。果物を挟むの。パンにね、生クリームとかカスタードクリームをたっぷり塗って。

イヴェッタが食べていたわ」

どう考えても贅沢品だ。何しろ、イヴェッタは冬にも普通に果物を食べていた。

「あの子、色々おかしいわよね。ただの伯爵家の娘が何で冬に果物を満喫してるのよ。ドライフルーツじゃなくて生だったのよ」

「まあ、聞いた限り……スピア伯爵家の領地は、年中そんなことが当たり前らしいからな……」

カーライルは同意する。まだイヴェッタと知り合う前に、神々に愛された乙女の生まれた領地はどんなものかと調べた際に知ったことだ。

「年がら年中、季節の果物が採れるらしいぞ。花も枯れないそうだ。道を歩いていても、神の名を称えて地面を掘ると宝石が出るとか」

「この世の話じゃないわよね、それ」

明らかにおかしいでしょ、と、羨(うらや)ましがるより気味悪がる。

面白い女だ。
カーライルはマリエラに素直に好意が持てた。

頭の良い女だと思う。

あれこれと、表情がコロコロ変わり、頭の中でいろんなことを考えているが、すぐに口に出してしまう。

それを愛嬌と言えるだけのものが彼女にはあった。

比べて申し訳ないが、イヴェッタにはない。あれはコロコロ表情が変わるような演技をして、実際のところは何も感じていないような不気味なところがあった。

静かに微笑んでいる仮面もあるが、はしゃいでいるのも仮面だろう。分かりやすい仮面を被って、他人に「ほら、あなたの素顔はこんなに素敵！」と、宝石を見つけたような達成感と自己満足に陥らせる。

カーライルは、マリエラのような女を王妃にしたら楽しいだろうと思った。ただ、性格はものすごく好みだが、顔が好みではない。

「失礼なこと考えてるでしょ？」

「いや、別に。お前の性格は好きなんだが、顔が好みじゃないだけだ」

相手に対して誠実でありたいわけではないが、言ってもいいだろうという相手なので口に出す。マリエラがフンッ、と鼻を鳴らした。

「私はあんたの顔も性格も好みじゃないわ」

「俺のどこが不満なんだ」

「あんた、自分が人に好かれる要素が……肩書以外にあると思うの？」

「んんッ」

貶したのは自分が先だった。カーライルは心臓を抉られたが、先に手を出したのは自分だと、ここは素直に相手の言葉の鋭利さを称えることで終了した。

「しかし、フルーツサンド、と言ったって、結局はただの果物とパンだろう。そもそも、パンにクリームを挟む意味があるのか。ケーキを食べればいいだろう」

カーライルは素直にそう思った。

そもそも、甘いものはそれほど好きではない。

「……あんた、生きてるの退屈じゃない？」

マリエラはただ呆れているようだった。

すると、ぱん、と、カーライルとマリエラのいる場所に変化が起きる。

「……何、これ」

「あぁ。お芝居のようなものだ。舞台というか、そんなものだ」

「……つまり何？」

地下牢にいたと思ったら、急に明るいどこかの建物と建物の間。

マリエラが立ち上がり、辺りをキョロキョロと見渡した。

「……学園みたいだけど。ここで何のお芝居をするわけ？」

「さぁな。ただ、何かを告白して、料理を献上するんだ」

「そう、私の前にも誰かやったのね」

カーライルが答えたので、マリエラは自分の前に経験者がいると悟った。テオの話をするべきだろうか。カーライルは少し考えた。

マリエラにとってテオは憎むべき存在だ。そのテオがどう生きて、何を考えていたのか。彼女は知るべきだろうか？

「言う気はないが、誰か興味あるのか？」

「別に、ただ聞いただけよ。それで、何か罪の告白でもしないといけないの？」

罪というものか分からないが、しかし、何か秘められたものがあれば、それを告解するということをカーライルは説明する。

「まあ、ないわけじゃないけど。でも不毛じゃない？」

「後悔してることでもあるのか」

カーライルは少し意外だった。マリエラは自分の行いの全てを受け入れて進んでいるような女だと思ったからだ。

テオには後悔があったのだろう。可能なら弟が死なない世界を見届けたかった。そうしてあの王は棺に納められた。

テオと同じように、マリエラも自分の家族を救えるような未来が必要なのだろうか。

カーライルがマリエラの家族の話をすると、マリエラは笑った。

「あんたは家族に恵まれてた？」

「王族だぞ、そんなわけないだろ」

「でしょうね。貴族もまぁ、そんなものよ。特にうちは……まぁ、それはいいとして。何か後悔があって、それを一つ訂正できる世界が見られるってこと？」

自己満足じゃない、とマリエラは肩を竦めた。

「ところで……気になっていたんだが、俺と君が着ているこれ……学生服か？」

「えぇ、そうよ。ルイーダが誇る、貴族の子息令嬢専用の学園の、由緒正しい制服よ」

「学生……」

カーライルは袖を押さえながら、くるり、と回ってみた。

自分が学生服を着る日が来るとは……。

「ドルツィア帝国にはないの？」

感動しているカーライルにマリエラが首を傾げる。

「あるにはあるんだが、俺が通うことはなかったんだ」

「そう。学生服似合ってるわよ」

皇帝になった男が公立の学校に通っていなかったことを、マリエラは深くは聞かなかった。

カーライルを放って歩き出すもので、カーライルはそのあとをついていく。暫く歩くと、中庭のような場所に出た。

その一角をマリエラが指で差す。

「ほらあそこ、分かる？　イヴェッタがいつもあそこで本を読んでたの」

「あんなところでか？」

ひと気がなさすぎる。いっそ寂れた雰囲気さえ感じた。日当たりは良いのだが、先ほどまでいた他の生徒の姿が皆無だ。

「そう。で、その間に私はウィルを誑かしてたわけ」

「……おい、まさか」

カーライルは信じられない気持ちでマリエラを見た。

「何、悪いの？」

この場所にやってきたマリエラの行動の意味を考える。

まさか、この女が後悔していること、あるいは変えてみたかった未来というのは……。

「さて、あら便利ね。思ったものが出てくるんだ。へぇ〜」

カーライルの動揺を放って、マリエラは妙に嬉しそうにそわそわと落ち着かない様子だった。

彼女が願ったのだろうか。いつの間にかバスケットがある。

そしてその中身を確認してから、マリエラは中庭に駆け出す。

「ねぇ、あんた。スピア伯爵令嬢でしょう」

「……えぇ。そうですけれど……あなたは？」

「あら、ごめんなさい。あたしはマリエラ・メイ。男爵家の養女なの」

テンテンテンテン、と、舞台の幕が開ける音。
カーライルは舞台を見上げて、中庭で仲良くお茶をする女子生徒二人を見守った。
まさかマリエラの後悔というのは、イヴェッタと仲良くする……ことだったのか？
「それでね、あたしはキファナ公爵家が取り潰しになったあと……メイ男爵家に拾ってもらえたの。公爵家とは雲泥の差よ。メイ男爵はあたしを他の子供と差別したりしない。すごく良いお家にもらわれたんだって、神様に感謝してるの」

「まぁ、なんて素敵なお考えでしょう。ご自身の不幸を嘆くより、幸せを探すことを知っていらっしゃるのね」

「あら、そんな大したものじゃないわ。でもありがとう」

と、そんな風に。二人の女子生徒は明るい調子であれこれとおしゃべりをしている。まるで姉妹のようだった。

「ねえ、スピア伯爵令嬢」

「はい、何でしょう?」

「あんた、ウィルの婚約者なんでしょ?」

「ええ、そうです。よくご存知ですね?」

知る人は少ないはずなのに、とイヴェッタは純粋に不思議に思ったようだった。菫色の瞳を細め、マリエラの言葉を待つ。

「あぁ、ウィルから聞いたのよ。――ねえ、ウィルはいいやつよ。もっと声をかけてあげたらどう?」

「と言いますと」

「あんたにとっては別にウィルでなくてもよかったのかもしれないけど、ウィルはきっとあんたがよかったのよ。だから優しくしてあげて」

「……メイ男爵令嬢」

「マリエラでいいわ」

マリエラは微笑んだ。それを受けて、イヴェッタも自分を名前で呼んでほしいと告げる。二人の性格は似ていなかったが、似ている部分もあるようだった。二人にしか分からない波長のようなもの。

「マリエラさん。でも、あなたは？　ウィリアム殿下のことがお好きなのではないですか？」

「あたしが？　そんなことないわよ。冗談じゃないわ。あたしは王族が嫌いなの。言ったでしょう。あたしの家は、王家に見捨てられたの。だから、あたしがウィルに近づくとしたら……利用するためで、ウィルは……そんな風に扱われていいやつじゃないわ」

ぎゅっと、マリエラはイヴェッタの手を取った。

「本当にね。ウィルはいいやつなの。あたしが巻き込んだだけなのに、自分もその責任があるなんて言うの？　ねぇ、馬鹿よね。全部あたしのせいなのに。あいつは巻き込まれただけなの。分かってないのよ。自分の意思で決めたことなんか何一つありゃしないわ。なのに、こんなところまで一緒に来て……本当あいつ馬鹿よね？」

つらつらと、マリエラは言葉が止まらなくなった。

このお芝居。幻影。過去の巻き戻し。呼び方は何でもいいのだけれど、やり直せるものならどれだけいいか。

「マリエラさんはわたくしよりもウィリアム殿下のこと、よく考えてくださっているのですね」

しかし記憶の中のイヴェッタはここでマリエラと親しくなったとしても、薄く微笑むばかりだ。

「……一緒にいる時間が長いもの。そうね。あたしとこれだけ長く一緒にいてくれたのはウィルだけだわ」

マリエラは落胆した。

自分が変わっても、記憶の中のイヴェッタは変わらない。この頃の彼女は能面のように同じ表情を張り付けていて、マリエラの言葉をただ受け取って、脇に置いてしまう。

「そうであれば、今後もずっと一緒にいた方がよろしいのではありませんか？」

「違うわよ。だって、ウィルは本当はあんたのものだったのよ。あんたが自分で欲しいって言って国中が綺麗なリボンに入れて、あんたに渡そうとしていたの。それをあたしが盗ったのよ。別に、ウィルが欲しかったわけじゃないのにね」

マリエラ・キファァナ公爵令嬢の告解。

パッ、とスポットライトがマリエラを照らす。

傍らには棺があった。中庭はもうない。イヴェッタ・シェイク・スピアの姿もなかった。

棺の横で、マリエラは恭しく頭を下げる。見事なカーテシーを披露して、彼女が自由奔放な女ではなく、公爵令嬢という高い身分であったことを観客に知らしめる。

棺に腰を掛けて、入り込もうという時に、パッ、とマリエラは観客席に視線を向けた。

「あたしがここに納まったら、ウィルを助けてくれるよう、ねぇ、祈ってくれない？」

カーライルに向けて、ではない。

このお芝居を見ている観客に訴えるような様子。

「フルーツサンドはあの悪魔みたいな大男にあげるわ。でも、祈ってくれないかしら。神様にね、ウィルのことは見逃してくださいって。お願いできないかしら？」

「それはわたくしに神官としての役割を求めているのですか、マリエラさん」

舞台の袖から、イヴェッタが現れた。

真っ白い神官服をまとい、杖を手に持っている。

「罪の告白ということでしょうか」

「自分のしたことの責任をそれほど重くは感じていないわ。これは本心。でも、ウィルはいい

やつだから。何か一つ、あたしが大人しく、誰かに利用されるのを受け入れるから、代わりにウィルを助けてって、そうお願いしたいの」


物語の舞台装置となったマリエラ・メイ。

役目を終えて、これから処刑されるだけの末路。その女の子の告解。自分の共犯者はいらないと拒絶した。


「……と、いうわけで。そのマリエラ・メイが献上したのがこのフルーツサンド」

棺の中に少女が納まったのを見届けて、カーライルはヴェンツェルに給仕した。

銀のお盆に載せられているのは、ふわふわした三角のパンに、生クリームとカスタードクリームが合わさったサンドイッチだ。果物はイチゴやキウイ、パイナップルなんてものもある。

「豪華だな」

「果物を宝石に例えることもあるほどなので」

給仕をする時、カーライルはヴェンツェルに対する言葉遣いを改めた。というか、時々どういう口調で話していいか分からなくなる。カーライルの口調をヴェンツェルは咎めないが、自分の中でこういう区切りはちゃんとしたいのだ。

カーライルもフルーツサンドを食べる。

……女子生徒が好みそうな、見た目が愛らしく甘い、優しい料理だ。

こういうものを、学友と食べてお茶を飲んで、温かい日差しを浴びたらきっと、それは良い思い出になるに違いない。

カーライルに青春、学生時代はなかったが、そんなことを考えた。

ルイーダを混乱させたマリエラ・メイと、イヴェッタ・シェイク・スピアの二人は、なぜ友達になれなかったのだろうか。

5章　ゼーゼマン・スピア伯爵の鹿肉のソテー　赤ワインソースがけ

ころん、ぺっと、まるで吐き出すように転がされたのは、屋外。

「おい……！」

カーライルは突然の空間転移に文句を言いたかった。先ほどまでルイーダの王宮にいたのに、突然の外だ。それも、明らかに街中ではない。

ひょいっと、次に現れた自称美食の神様は「何が問題だ。体はどこもちぎれていないのに」と不思議そうな顔をする。

「……それで、ここはどこなんだ？」

「さぁな。料理を献上するに相応しい者がいるのだろう」

「……やっぱランダムじゃなかったのか……」

視界の中に大きくはないが貴族の家が見える。作りは古そうだが、丁寧に手入れがされていて、主人の人柄がうかがえた。

カーライルが丘を下りて屋敷へ近づくと、門をくぐって誰か出てきた。

「おや、どなたかね？」

中年の男性だ。穏やかな顔つきの優しそうな男性。

下男にしては体つきが良い。馬丁かとも思ったが、身なりが良い。カーライルとヴェンツェルを見て不審がるよりは、思いもよらないお客をもてなせるかもしれないという喜びに満ちた顔をしていた。

「すいません、迷ってしまったようで、こちらはどこになるのでしょうか？」

「旅のお方かね。徒歩とは珍しい」

中年男性は、ここはスピア伯爵領で、この屋敷は伯爵家の本邸だと答えた。

「……ここがイヴェッタの」

思ったより小さい。神に愛された娘が生まれ育ったわりには……貧相だとさえ思ってしまう。

温かみのある良い家だが。

「おや君、娘を知っているのかね」

「娘……ということは」

「私はゼーゼマン。これでも伯爵で」

「お父さん申し訳ありませんが私は今すぐここから去りますお騒がせしました申し訳ありませんというかさすがに夫婦揃って棺に収納するとかどうなんだ!!　何なんだ!!」

カーライルは空に向かって叫んでしまった。しかし、人間ごときがいくら神に呼びかけても答えなど返ってくるわけがない。

ちくしょう。

カーライルは目を閉じた。ぐっと何かに耐えるように腹に力を込める。

何だ、この人選。悪意があるだろう。

「お前がスピア伯爵か」

「はい、さようでございますが……あなたは……」

色々思うことのあるカーライルを放置して、ヴェンツェルがゼーゼマンに近づく。小柄なゼーゼマンはヴェンツェルに見下ろされる形となったが、丸い目をさらに丸くさせた人のいい伯爵は、自分が見下ろされても少しも嫌そうにしない。

「私は美食の神。名をヴェンツェル」

「美食の神、ヴェンツェル様でございますか」

おやまぁ、と、ゼーゼマンは驚いてびっくり、と瞬きを繰り返す。

そして畏(かしこ)まって丁寧にお辞儀をし、「このようなところにありがとうございます」と、神の降臨を喜んだ。

「……伯爵。相手が神を名乗る不審者とは思わないのですか」

カーライルがさすがに心配になって人のいい伯爵に忠告すると、ゼーゼマンはにこにこと微笑む。

「神々はこれまで多くのことを我々にしてくださった。そのお礼を言う機会をこうして与えていただけるとは、何と幸運なことでしょう」

「……」

善人だ。

間違いなく善人だ。

カーライルは胃が痛くなった。

トルステ・スピアは、蓋を開ける前からとんでもない化け物疑惑があった。だがそれは、どこか雰囲気が怪物（イヴェッタ）に似ていたからで、あのイヴェッタを産んだ女なんだから、まぁそういうこともあるだろうと納得することができている。

しかし、間違いない。ゼーゼマン・スピア伯爵は白だ。善人だ。間違いない。こんなに善良な人の腹の中にドロドロと流れる罪の意識があるわけがない。

この善人まで無理やり次の棺の中に納めなければならないのだろうか。

カーライルは嫌だった。というか、大丈夫なのかこれ、と心配になってくる。イヴェッタの両親を棺に入れるというのは神的に大丈夫なのだろうか？

実はヴェンツェルは悪魔で、神に喧嘩売ってるとかっていう展開ではないだろうな。

自分はその悪魔の片棒を担がされているのだろうか。

冷や汗をかいていると、ヴェンツェルはそんなカーライルの心が分かるのか、「この私を悪魔と思うとはいい度胸をしている」「そもそも悪魔など、この地に存在せぬわ」と言い放った。

その辺の人間が知らない世界の事情について、色々詳しく知りたくないような知りたいような。

説明してくれる気がないのが神々だ。

丁寧に教えてくれないのに、なぜわざわざ情報の小出しにしてくるんだろう。気になって夜しか眠れない。

「眠れているだろう」

と、ヴェンツェルの突っ込みが入った。カーライルは夜だけではなく、できれば昼寝もしたかった。

まぁ、それはいいとして。

「ヴェンツェル殿ここに希望の料理はありませんありませんので別の場所に参りましょう」

カーライルはぐいぐいっと、ヴェンツェルの背中を押した。ノンブレスで言い切って、この場からの撤退を強く要求する。

「なぜだ。私はここが良いと決めて移動したのだが」

「さっきの空間移動、物凄く体に負担がかかっていませんか」

「だからちぎれてないと言っているだろう。ちゃんと元に戻してやったのだ。問題はない」

そんなことが自分の体に。

知らない間に体がぐちゃぐちゃにされていたというのを知って、カーライルはショックを受けたが、まあ今更だ。

もう少しやんわりと言ってほしいが、神にそんな気遣いはできないだろう。

「いいですか、ヴェンツェル殿。伯爵はいい人です。やめましょう。というかやめてください。俺、こんなに優しそうな人の二面性とか知ったら吐きます」

さすがに四人目ともなってくると、カーライルにも勝手が分かってきた。

この突撃、隣の晩ご飯ではなくて、料理強奪にかこつけた電撃訪問は、人の本性を暴いたり、人の秘密を暴いたり、そうして棺にせっせと詰めていくのだ。

生贄にでも使うのか。人柱か。

なんというか、イヴェッタに申し訳ない気持ちはこれっぽっちもないが、この一見穏やかで人の良さそうなスピア伯爵に裏があると知るのは嫌だ。

これまで自分は人の裏切りを見てきたが、見たくて見てきたわけではない。

「私がここで料理を探すと決めたのだ。やれ」

しかしヴェンツェルは容赦がない。

カランと音が鳴る。

パッ、と舞台が変わった。


舞台の上にいるのは若いゼーゼマン・スピア伯爵。

その前には乳母車がある。

女の子の誕生を祝福したような、真っ白いレースに柔らかなクッション。

周りにはたくさんの贈り物。

スピア伯爵はじっと乳母車の中を見ている。

この時間、カーライルは気が気ではなかった。次の瞬間、ゼーゼマンが乳母車に向かって何かドン引くような発言をしたらどうしようか、とびくびくしている。

やめてくれよ。何かこう、嫌な告白とか始まらないでくれよ。

ここで実はスピア伯爵がイヴェッタをうまく利用する方法を口に出すとか、この子を使って成り上がろうとか。そんなことを考えていたと知ったらもう何も信じられなくなる。

舞台の上でスピア伯爵はじっと我が子を見つめる。

そして、手を伸ばしながら、乳母車の傍に膝をつく。

「なぜ皆この子を特別だと言うのだろう」

ぽつり、と台詞が始まる。

「なぜ皆この子を神の子だと言うのだろう」

ゼーゼマンの困惑がカーライルにも伝わってきた。

「愛らしい。普通の子だ。妻に、トルステに似た黒い髪に菫色の瞳の可愛い女の子だ。まぁ、確かに……ちょっと可愛すぎるんじゃないかとも思うが、はは、まぁ、これは親の欲目だろう。女の子は初めてだ。そうか、この子が私の娘か……！」

胸の内に温かなものが浮かび上がってくる。ゼーゼマンは生まれたばかりの娘の幸せを心から願っていた。

「人が、周囲が、世の中が、この子を特別だと言うんだ。この子が神の子だと崇（あが）めるんだが、私にはそれがどうも、よく分からない。自分の娘だから、特別に見えるのだが、それは当然のことだろう？」

周囲の人が我が娘を見て言う言葉に、ゼーゼマンは納得がいかない。

自分にとって娘は特別な子だった。だが、それは多くの親にとって我が子がそうであるように、それは自分の子供だからという理由があって、ゼーゼマンは世の多くの親が抱く我が子への特別性を見出し、愛している。

だが、周囲はそうではない。そうではないことが、ゼーゼマンには気がかりだ。生まればかりの娘のことが心配だった。

「この子は人に多く望まれるのではないだろうか」

特別であることを強制されるのではないだろうか。

小さな手で乳母車の中ですやすやと眠る、ただの愛らしい赤ん坊。

それがこの国を救え、この国のためになれと、そのように求められることがゼーゼマンには恐ろしかった。

「確かに……幸運なことは続いている。しかし、ただ、幸運が重なっただけではないのか。ただ、この国が豊かになっていく時に、たまたまこの子の出生が重なっただけではないのか」

ただの子供に大それた力があるわけがない。

乳母車の中の子供はパチリと目を開けて、ゼーゼマンを見つめる。

まだ赤ん坊は、見上げているのが自分の父親だということは分からないだろうに、何かを見つけることができて嬉しいのか、キャッキャと笑い声を立てる。

その様子を見て、ゼーゼマンの口元が緩む。心から嬉しくなった。愛しさが込み上げてくる。

なんと愛らしい子だろう。この子は特別だ。だが、それはこの子が我が娘だからだ。

「この子が国を救う聖女だからではない。この子が国にとって有益な存在だからではない。我が子だから愛しい。我が子だから特別なのだ」

ゼーゼマンは繰り返す。


てんてんてんてん、と舞台の幕がいったん下がる音。


「よし、善人だ！　このままで行こう。行ってくれ……！」

ワンシーンが終わり、何の不吉さもないので、カーライルはぐっと勝利を確信、というか、切望する祈りの言葉を吐く。

「どうかされましたか？」

場面は再び、スピア伯爵家の門の前。

家の中に案内しようとしたゼーゼマンがくるりと振り返り問いかける。

「いえ、何でもありません。あまりに素敵なお庭だったので、つい目移りしてしまいました」

「それはそれは、ありがとうございます。この庭は娘がとても大切にしていて。今、私が頑張って手入れをしているのですが、何分娘ほどうまくはいかないのですよ」

伯爵家の庭は確かに王宮と比べれば、華やかさには欠ける。だが、小さな花々が美しく咲いていた。ゼーゼマンの愛情が伝わっているのだろうと分かる。

眺める者を微笑ましい気持ちにさせてくれる良い庭だ。

「娘のご友人にお会いできて嬉しいですよ。あの子は今確か……」

「はい、エルザードという国にいます」

「そうですか。エルザード……エルザード」

ゼーゼマンが首を傾げる。

知らなかったのか？　しまったとカーライルは顔を引き攣らせる。

「知らぬのか？　そなたの娘はエルフに嫁いだのだぞ」

「え、エルフですか？　エルフというのはあのエルフですか？」

「他にエルフがいるのか？　あぁ、吸血鬼がいるな。まあどちらも元は同じだ。大差あるまい」

「あの……吸血鬼だと困りますが、娘が吸血鬼の妻は……」

「エルフだと言っているだろう。そなたの娘は、エルザードというエルフの国の王妃となっている。ギュスタヴィアという化け物に嫁いだ」

「ギュ、ギュスタヴィア……？」

ゼーゼマンは降り注ぐ情報に目を瞬かせた。展開についていけないらしい。

カーライルは頭を抱えた。というか、今の伯爵の聞き方も悪かった。まるで知ってるようなというか、カマでもかけられたのか。

ごく自然に情報を引き出そうとするような。そんな狡猾さはなかったが、ついうっかりと口を滑らせてしまった。善人だと油断したのもあるが。

ただ、父親が娘のことを何か必死に探ろうとしたような素朴なもがき、だろうか。

悪意ではなく必死さがあった。だからだろう。自然とカーライルも答えてしまったのかもしれない。

ゼーゼマンは何か考えるようにギュッと目を閉じて、また、うーん、と唸った後「分かりました」と頷いた。

何が分かったのだろうか？

「娘がエルフの……つまり王妃様になった、と」

「そういうことだ」

「娘のことですから……まあ、あの子は少し強情なところがあるようなので、嫌な相手とは結婚しないでしょう。つまり、あの子は自分が良いと思える相手と結婚できたということですね。これは、とても素晴らしいことです。ありがとうございます」

「それは私の知るところではない。だが、あのギュスタヴィアはロクでもない男だぞ」

「ヴェンツェル殿、少しこう、黙ってくれませんかッ」

折角スピア伯爵が納得しようとしてくれたのに、なぜ蒸し返すのか。

カーライルはイヴェッタの一応、友人として、彼女の名誉を守る必要があると思った。

「とりあえずですね……ギュスタヴィア殿、エルフの国王陛下におかれましては、とても強い力を持っていて……」

困ったな。

ギュスタヴィアの褒めるところが……浮かばない。

「……もしや、そのギュスタヴィア様というのは、お美しいのでは？」

「……ま、まぁ。確かに。それは、間違いない」

「あぁぁあぁあああぁあ……！！」

ゼーゼマンが頭を抱えた。

「イヴェッタ～！　男の価値は顔じゃないんだぞ。お前をちゃんと大切にしてくれる人なのか見極めてるんだろうか～！　あ～～もう～～！　顔か、そうか～エルフは美形だというからな～も～!!」

「ス、スピア伯爵……？」

娘のことをよく分かっているのか分かっていないのか。呻くスピア伯爵にカーライルは声をかけた。すると、しゃがみこんでいた伯爵はすっと立ち上がる。

「大丈夫だ。ありがとう。えーっと君は」

「カーライルです」

「ありがとう、カーライルくん。気を使わせてしまったね。まぁ、とにかく……とにかく娘は今幸せなんだね。顔の良いエルフと結婚できて……」

「い、一応イヴェッタの名誉のためにも言いますが……なんというか、彼女の夫になりましたそのエルフは……御令嬢によく似てます」

「顔が？」

「違います。顔から離れましょう。顔ではなくて、性格というか性根（しょうね）というか、ちょっと似たところがあると言いますか……性格が悪いです」

「君。人の娘になんてこと言うんだ」

「いやでも……あいつ性格悪いですよね⁉　あいつの本性をご存知ですか⁉」

「本性というか、昔からあの子は元気な子だった。ちょっと大人しくなって私は心配になったものだ。しかし、家を出る時に、あの子はとても昔のような感じになっていた。つまり君が言ってる本性というのは……アレのことだろうか」

「多分ソレのことですね」

なるほど、とゼーゼマンは深く頷いた。

「まあ、確かにちょっと性格が悪いと言われてしまうところもあるかもしれないが。素直で良い子だ。つまり、あの子と結婚したというエルフも。ちょっと性格が悪いと言われてしまうかもしれないが、素直でいい方なのだろう」

カーライルはエルフの国王のことを頭に思い浮かべてみた。

どう頑張って好意的に解釈しても、素直でいい方とは思えない。まあ悪人……善人ではないが、悪人と言い切れるわけでもない。

イヴェッタのことはちゃんと愛しているようだから……イヴェッタにとっては良い人だろう。

つまり娘には良い人＝ゼーゼマンにとってもいい人、と、まぁ、判断してもいいのかもしれない。

「まあ、とにかく娘の近況を知れて良かったよ。エルフの国か、きっと遠いんだろうな。娘は孫でもできたら、一度帰ってきてくれるだろうか？　そういえば、うちの子は国外追放になったんだったっけ？　まあもう二度と会えないと思っていたから。うん。幸せなら良いか」

伯爵は随分とのんびりしている。

「会いたいと願わないのですか？」

「もちろん会いたいさ。だが会いたいのは私の気持ちだからね。あの子が会いたいと思って会いに来てくれればいい。あの子が会いたくなくて来ないのであれば、私はそれを尊重するよ」

……なんて善人だ。

カーライルは一刻も早くこの場を去りたかった。もう自分の存在がゼーゼマンにとっては不運の前兆だ。

「料理を献上せよ」

「……ヴェンツェル殿〜〜！」

「そのつもりでここに来たのだ」

もう駄目だ。

死刑宣告が下ってしまった……。

「料理ですか？」

頭を抱えるカーライルを放置して、ヴェンツェルが説明する。この国はもうじき滅びるので、神に料理を捧げればとりなしてやると、そのような説明。

「……なるほど、神のお慈悲をいただけるとは、なんという幸福なことでございましょう。しかし……神様に捧げられるようなものがここにあるでしょうか？」

「何でもよいぞ。そなたが良いと思うものを捧げよ。その者にとって尊い料理であれば神に捧げるにこと足りよう」

「そうですか。それは安心しました」

「伯爵、罠です。罠。これは罠です。いいですか？　この神に料理なんて出しちゃいけません」

「カーライルくん？」

何か料理を考えようとするゼーゼマンの手を取って、カーライルは歩き出した。

カーライルはゼーゼマンを救いたかった。

別にイヴェッタに対して思ってることではない。ただ、珍しいくらい善人のこの男は生き残るべきだと思った。

「この国のために死ぬのであれば、他にいくらでも候補がいるだろう」

カーライルは口にする。

「別に人柱を募(つの)っているわけではないのだが」

と、ヴェンツェルの反論。しかし、実質そうなってるじゃないか。カーライルは突っ込みを入れる。

しかし、神をおもてなしするつもりのゼーゼマンは、やんわりとカーライルの手を振りほどいた。

「料理といえば、良いものがございます。丁度上の息子が鹿を仕留めました。牡鹿で、肉が引き締まっていることでしょう。ぜひ、お出しさせてくださいませ」

実は私は娘と料理をするのが好きでしてね。

にこにことゼーゼマンが、自ら料理をすると嬉しそうに話す。そうして場面は変わり、牡鹿が目の前に……吊るされた。


王族のカーライル、これまで捌かれた肉しか見たことがない。

もちろんきちんとした王子教育を受けていたなら、狩りも嗜みの一つで捌き方も知っているだろう。だが生憎、今のところカーライルが殺めたことがあるのは人間ぐらいで、動物を殺したことがなかった。

狩りの経験のないカーライルからすると、人間に全く害のないように感じる野生の動物をなぜ狩ってしまうのか疑問だ。畜産では駄目なのか。

もちろん普段自分の口に入ってる肉が元を辿ればこういった姿をしていることも考えれば分かるのだが。まだ妖精を信じているようなところさえあるカーライルだ。

ゼーゼマンという善人がこれからこの牡鹿の血を抜いて皮を剥ぐという行為をすることがちょっと、色々、心に来る。

「に、肉も良いのですが……何かこう、肉以外のものでお願いしたいですね」

「そうですか。では魚とか」

「私は魚は好まないのだが」

ヴェンツェルが口を挟む。

「良い肉があるのであれば、それを献上せよ。神への礼儀であろうが」

「はい、この領地で仕留めた最も美味しい牡鹿を、ぜひ神様に献上させていただきましょう」

ゼーゼマンはハキハキとしている。

スピア伯爵は貴族の男によくあるように狩りを好んだ。もちろん残虐性があってのことではない。この国の男にとっては一種のスポーツと同じことだ。

必要以上の狩りをすることはないが、そもそもこのスピア伯爵領は獲物に困ることはない。

何せイヴェッタが飢えないようにと、肉と毛皮が尽きることはないのだ。

狩りを好む人間にとって、自分の獲物を神に捧げられるのはとても良いことなのだろう。ウキウキとしている。善人だ。どこまでも人がいい。カーライルはゼーゼマンを止めることを諦めた。

本人が嬉しそうなら、それでいいかもしれない。


パッ、とまた照明が消える。

カチカチと歯車の音。

舞台が変わった。


先ほどと同じスピア伯爵家の屋敷、だけれども辺りは雪に覆われていた。

「いや、すまないね。突然の大雪だ」

屋敷の入り口の大広間に、金髪の美しい男性。

テオだ。

毛皮を着て暖かそうな格好の国王テオが、ゼーゼマンと話をしている。

「突然の大雪ですっかり立ち往生さ。この辺りが君の領地だということを思い出してね。突然で悪いが、立ち寄らせてもらったよ。迷惑だっただろうか？」

テオは気さくにゼーゼマンに話しかける。伯爵は丁寧に臣下としての礼をとった。

「いいえ、光栄なことでございます。我が家に陛下をお迎えできるなど、永遠の名誉でございます」

「ありがとう。君ならそう言ってくれると思ったよ、ゼーゼマン！　ところで、君のお嬢さんは？」

「イヴェッタでございますか？　はい、おりますよ。上の兄二人は王都におりますが、ただ、娘は小さいもので、この地で育てさせていただいております」

「そうか。君の愛らしいお嬢さんの噂を聞いてね、一目会ってみたいと思ったのだが、会わせてもらえるだろうか？」

ゼーゼマンは申し訳なさそうに頭を下げた。

「申し訳ございません、国王陛下。娘は数日前より病に伏せております」

「病だって！　それは心配だね……神官を連れてきているから、祈りを捧げさせようか？」

「いいえ、ただの風邪でございますので、数日安静にしていれば治るでしょう」

「そうか、そうだね。それに、神の娘に神官が祈りを捧げるというのもおかしな話だ。妙なことを言ってすまないね。――だが、神の娘も病にかかるのか？」

テオが意外そうに口にすると、ゼーゼマンは目を伏せた。

「イヴェッタは普通の娘でございます。普通の娘は風邪をひくものでしょう。国王陛下」

二人の間に一瞬妙な緊張感が走ったのが、客席のカーライルには分かった。

テオはスーッと目を細めてから、手を叩く。

「ははは、普通の娘か！　そうか。普通の娘か。なるほど。そうか。へえ、君の娘は普通の娘か」

国王は笑いながら繰り返す。ゼーゼマンは黙って聞いていた。

「そうか。では、君の娘に会うのは残念ながら諦めようか。だが、幼い少女がいつまでも部屋の中に閉じこもっているのは退屈だろう。実は息子たちの肖像画を持っていてね。君の娘に見せたいのだが、どうだろうか？」

「王子殿下の肖像画でございますか？」

「あぁそうだ。丁度画家のところに取りに行った帰りだったんだ。だからあれこれ揃っている。おかしくないだろう？　で、どうだろうか？　見て楽しんでもらえるかな」

テオの言葉は提案という形だったが、有無を言わせないトーンがあった。

ゼーゼマンもそれを察したのだろう。そしてカーライルの中に伯爵の感情が流れ込んでくる。

（なぜ誰も彼もあの子を特別扱いするのだろうか）

この地方の屋敷に閉じこもって、ただ穏やかに育っている子なのに。

なぜ放っておいてくれないのだろうか。

疑問、疑念、不快感、疑惑というよりは、父親としての怒りが感じられた。

テオが有無を言わさずに、イヴェッタの部屋に王子の肖像画を運び込ませていく。

ゼーゼマンはそれを黙って見ていた。

確かにイヴェッタも退屈だろうという親心があった。

実際、本当に風邪をひいているのかと。

それはもちろん嘘である。

ゼーゼマンが娘を守れる時間は短い。

テオがイヴェッタに会って、そしてそのまま王都の魅力を話して、一緒に行くのはどうだろうかと言い出すのを恐れていた。

コロコロと感情の移り変わりの激しい娘。きっと二つ返事で「まあ、なんて素敵なところなの。行きたいわ！」と言うに違いなかった。

父親としてそれくらいは分かっている。

だから会わせないために嘘をついたのだが、国王に嘘をつくという反逆に罪悪感を感じないわけではなかった。

だが、ゼーゼマンは娘を守りたかった。

娘の部屋に王子の肖像画が運ばれていく。

ベッドにぎゅっと押し込められたイヴェッタは菫色の瞳をパチリとさせて、自分の周りに並べられた肖像画を眺めた。

テオは扉越しにイヴェッタに話しかける。

「やぁ、スピア伯爵令嬢。顔を直接見られないのが残念で仕方がないけれど、それはまたの機会にするとしよう」

「あなたはどなたですか？」

「私はね。君の周りに並べられた肖像画の子供達の父親さ」

「まぁ、たくさんのお子さんがいらっしゃるんですね」

「それはそうだ。確かにそうだ」

テオは思わず笑い出した。

「どうだろうか？　その写真の子供たち。まあ青年もいるが。誰か気に入った子はいるかい？」

「気に入った子ですか？」

「あぁ、そうだ。君がいいなと思った子はいるかな？　肖像画というのはいくらか盛るものなんだが、それは正確に描かせている。美化されないように。私が直に確認している。つまり、その肖像画はそっくりそのまま、本人たちに似ているということだ。どうだろうか？　イヴェッタ伯爵令嬢。その絵の中に君が感じがいいなと思う子はいるかい？」

「うーん、うーん。どうでしょう。気に入った子ですか」

少女は首を傾げる。突然そんなことを言われても困るだろう。

まだ子供だ。異性について思うことがあるわけではない。

ゼーゼマンはそわそわとした。

つまり国王陛下は、娘に自分の息子を勧めているのだ。

これを止めることはもちろんできない。イヴェッタが断ってくれればいいと思った。しかしスピア伯爵令嬢は、これが何かの遊びだと思ったようだ。

「みんな素敵ですね。でも、みんな何か寂しそう」

「そういう表情が女性にはウケるからね。あえてそうしているんだ」

「つまり、本当はみんなもっと楽しそうなお顔をされているってことですか」

「表情の明るい者もいるよ。まあ、私は見たことがないが」

「お父様なのにですか」

「緊張するそうだ」

テオは肩を竦める。

イヴェッタはベッドの上に座り込んだまま、自分の周りに並べられている肖像画をじっくりと眺めた。腕を組んでちょっと考え込む。

「つまり、アリスたちが言うような、素敵な王子様を探せってことですか？」

アリスというのはメイドのことだろう。

テオが、そうだね、君だけの王子様を探すという遊びだよ、と同意した。実際王子なのだが、それはまあ今言わなくてもいいだろう。

イヴェッタはコロコロと笑った。

「素敵ですね。王子様、絵本で読んだことがありますよ。金色の髪に青い瞳、緑でもいいそうね。それだとこの子が一番お顔が良いわ」

第三王子ウィリアムの肖像画をイヴェッタは気に入ったようだった。

「私と同じくらいの年ですか？」

「そうだね。同い年のはずだ」

ゼーゼマンは二人の会話を聞きながら、顔を顰めた。第三王子ウィリアム。側室の生んだ子供だ。

第二王子マークスの数日後に生まれた子供。どちらかといえば、スカーレットが意地で少し早く産んだのだが、それは今は関係ない。

第三王子か。

考え方によっては悪くないかもしれない。ゼーゼマンは前向きに考えることにした。

ウィリアムの母は大人しい女性だ。

権力争いに必死ではないし、王子を妊娠したのもただの幸運で、スカーレット王妃のように野心があってのことではない。

これが第一王子や第二王子だったら、娘のことが心配で、ゼーゼマンの胃に穴が開いていたかもしれない。だが、第三王子なら確かに悪くないかもしれない。

テンテンテン、と、幕が下がる音。

頼むから善人のままで終わってほしい。

カーライルは切実に思っていた。

「今のところ大丈夫。今のところまだ……善人判定できる」

気の毒なゼーゼマン・スピア伯爵。イヴェッタの父親で優しい善良な人だ。

しかし、もうヴェンツェルの皿の上に載せられることが確定してしまったので棺入りは確定なのだが、ゼーゼマンは良い人のままでいてほしいとカーライルは思った。祈りにも近い。

人の本性を暴くのは申し訳ないと思いながら、止められないのなら綺麗なものでいてくれと、ある意味のわがまま。

現実世界のゼーゼマンはにこにこと鹿料理を作ってくれている。

こぢんまりとした伯爵邸の食堂に二人を案内してくれて、お茶を振る舞い、おしゃべりをしているうちに、料理人が鹿料理ができたと知らせてくれる。

時間にすれば肉をさばいて、かなりの時間が経ったはずだ。

伯爵のホスト役はとても良かった。退屈を感じなかった。

ヴェンツェルも機嫌が良さそうだったので、神にとってもそうだったのだろう。

カーライルは、こういう人が父親であれば良かったなーと思った。

ただ、カーライルの父ということは皇帝でなければならないので、ゼーゼマンのような善良な人間には向いていないだろう。ということも分かった。

「こちらがうちの自慢の鹿料理です。ソースが特別なのですよ。この土地で採れるブドウで作った赤ワインを煮詰めたソースでしてね」

「ああ、イヴェッタが作ってくれた焼き林檎のお菓子にもソースがかかっていたな」

「ほう、あの子の手料理を食べたのですか。羨ましい」

ゼーゼマンは本心から言ってくれる。

バニラアイスにかかっていた赤ワインと、鹿の肉にかかっている赤ワインソースはもちろん違う。あれは甘さが多かったが、こちらは赤ワインの酸味がきちんと残っている。カーライルはこちらの方が好みだった。

エルフの土地で作られたワインに対して申し訳ないが、人間の土地で採れたものの方が体に合うのだろう。まあ、それも今はどうでもいい。

鹿肉のソテー、赤ワインソースがけ。

付け合わせはニンジンとブロッコリー。

粗い小麦粉ので焼いたパンがとても美味しい。カーライルは美味しいと素直に口に出した。

これは意外なことだった。

思わず驚いている自分に伯爵が、何か気になることでもありますか？　と気遣わしげに声をかけてくる。カーライルは「いいえ」と即座に首を振った。

そして、自分でもどう答えていいのか分からなかった。

「何と言いますか……とても食事が美味しくて」

「それは良うございました」

お気に召していただいて安心いたしました、とゼーゼマンが微笑む。

カーライルは自分が食事を楽しんでいることに気付いた。

そして、それはこのゼーゼマンのおかげだとも分かった。

その間に食堂から漂う良い香り。ゼーゼマンがこれまで食べた鹿料理の味について語ってくれた。彼の話とこの雰囲気、食事を今か今かと待つ自分がいたことにカーライルは驚いた。

「なんというか、良いですね、こういうの」

カーライルはぽつりと呟く。まるで家族や親しい友人との食卓のようだ。

楽しく会話をして、居心地の良い場所で食事をする。

「こういうことが自分にも楽しめたのですね」

「それは良かった」

ゼーゼマンはカーライルの様子に、穏やかに微笑んでくれた。

と、そこで終わってくれれば何よりも良かったのに、そこで聞こえる、カタカタという歯車の音。

あぁ、頼むから。

このまま良い出会い、思い出として終わらせてくれと心底思うカーライルの願いなどむなしいだけだ。

パチン、とスポットライト。

見知らぬ部屋のソファに座っているのはゼーゼマン。向かい合っているのは……王弟ビルだった。

「つまり……殿下が玉座に座ると、そうおっしゃるのですか？」

ゼーゼマンは信じられないものを見るようにビルを見つめた。

ビルは青白い顔のまま、じっとゼーゼマンの視線を受ける。

「玉座に座るのは誰でもいいだろう。兄上でなくても、もう構わないはずだ。兄上は確かに優秀だが、この神に愛された国では、優秀な統率者は必要ない。――それなら、僕でもいいはずだ」

「殿下。一体なぜそのようなことを」

「君の娘、イヴェッタ・シェイク・スピア。僕は君の娘の自由を約束しよう」

「……自由ですか？」

「あぁ、自由だ。私が玉座についたなら、僕は君の娘を王都に呼び寄せる必要がない。君の娘は地方でのびのびと静かに暮らせばいい。望むのであれば、もちろん王都に来ても構わないが、普通の娘として扱う。それでどうだろうか？」

スピア伯爵は黙ったまま答えなかった。ビルは言葉を続ける。

「兄上は自分の子供と君の娘を結婚させようとするだろう。王家にいた方が安全だから、安心だから、などと言ってね。しかしそれは本当に、君や君の娘のためになるだろうか。ただ、王家のためではないかな。それで王家には、神の娘の血を引く子供が生まれるわけだ。神々に見守られて安心だと。君の娘の幸せは考えていない」

カーライルの中にゼーゼマンの感情が流れ込んでくる。

伯爵の中にあるのは、ただひたすら困惑だった。

ゼーゼマンはごく普通の男だった。平凡な男だった。

自分の娘が他人にどう思われる存在であるかよりも、自分の娘をただ慈しみたいということを平凡に考えたい男だった。

娘が平凡であることを願っている男だった。

これは多くの父親がそうであるように、娘が平穏で幸せに暮らすことをただ願う、優しい心からのものだった。

「つまり……具体的に私に何をしろとおっしゃるのです、ビル殿下」

「ただイヴェッタを王都へ連れてきてもらいたいだけだ」

「なぜです」

「父上がイヴェッタとウィリアムを引き合わせようと考えて、お茶会を開かれるそうだ。そこにイヴェッタ嬢を連れてきてほしい。それだけで構わない」

ゼーゼマンは迷った。イヴェッタを中央の貴族の付き合いに関わらせるのは本意ではない。だが、それでビルが王位につくことができる。……なぜだろう。

ビルはイヴェッタを利用しないと言った。

イヴェッタが王都に来ることで、自分が彼女の後見人だという宣言をするわけでもないだろう。

じっとゼーゼマンは自分の思考の全てを使って、ビルの考えを何とか理解しようとする。

ビルの目には何か憎しみのようなものが宿っている。ゼーゼマンに対してではない。もちろんイヴェッタに対してでもない。

玉座を奪うその覚悟。そんな覚悟が、気が優しいと評判の王弟殿下にできたのか。

自分の兄を殺そうとするのか？

いや、それはどうだろうか？

テオとビルの仲が良いことは誰もが知っている。なのに、その兄を王にしたままにしない。テオを玉座に座らせたのは先代の国王ヴィスタだ。そして、テオが王位につくことを決定的にしたのは、王妃スカーレットの存在。

それらを今更覆すことができるわけがない。

「……まさか」

ゼーゼマンの心中に、どろっと、嫌な予想が湧く。

あまりに恐れ多いことで、それを口に出すことがどうしてもできず、必死に振り払った思考はカーライルに流れてこなかった。

パッ、と明かりが消える。

そして舞台には、一人きりのゼーゼマン・スピア伯爵が残された。

棺があり、ぐったりと疲れた顔の伯爵はそれに腰をかけて告解する。

「私があの時、ビル殿下の思惑に頷かなければ、何もかも違ったのではないだろうか」

項垂れる伯爵は自分の顔を両手で覆い、震えながら言葉を続ける。

「あの子が凶器になってしまった」

呟いて、ただただ怯えて、白状して、ゼーゼマンは棺の中へ消えていく。

6章　フォアグラの王女

「叶えてやれるのか」

カーライルは食堂に腰かけるヴェンツェルに問いかけた。

目の前には真っ白いパンに真っ白いクリーム間に挟まれてるのは色鮮やかな果物たちだ。緑はキウイ。オレンジは柑橘類。真っ赤なイチゴが挟まれているものもある。美しい。まるで宝石が詰まってるようだった。

「あの見目麗(みめ)しい王子か。まだ死んでいないな。いずれそうなるだろうが」

フルーツサンドを口にしながら、ヴェンツェルは無慈悲に告げる。

「だが、その料理を差し出したマリエラは、ウィリアムの助命を願っているだろう」

「あの男を生かす意味があるのか。そもそもあの男が冥王の切り花にどれほど無茶をしたことか。今やつが生きていることが慈悲だ。とうに死んでいたかもしれないのに」

「では、そのフルーツサンドはいらないわけだ」

カーライルがひょいっと皿を下げようとすると、その腕をヴェンツェルが掴む。

「そうは言っていない。なるほど良いものだ。これは良いものだな」

美食の神と言いながら、何でもあれこれと食べていく。どちらかといえば暴食じゃないかとカーライルは思った。

同時に自分も、これまでヴェンツェルに付き従って料理を口にしているわけだが。

「そもそも俺は、パンにクリームを挟むのが理解できてないんだが」

カーライルは嫌々ながらにサンドイッチを一つ手に取ってみた。パンというのは焼いて肉を載せて食べるものだ。

ジャムを載せるというものもあるが、あまり好みではない。

ベーコンや焼いた魚を載せて食べた方が良いに決まっている。それをこんなに余計に甘くしてしまっては、胃の中が何か誤解する。違和感というか解釈違いというか。

しかし、パクリと口にしてみると案外悪くなかった。

ふわっとした食感は、確かにケーキのスポンジとは少し違う。

しっとりとしていて、なるほど生クリームだけではない。カスタードクリームが混ざっているのだろう。ふわっとした食感の中に、しっかりとした甘さがある。それにイチゴの酸味がよく合った。

不思議な食感だ。

口の中でもしゃもしゃと咀嚼していくと、なんともこれはまあケーキとは違うと分かる。

もちろん食事にはならない。

けれど何と表現していいのだろうか。とにかく不思議な感じだ。なるほどと気付くと、カーライルはイチゴだけではなくて、キウイ、パイナップル、ラズベリー、柑橘系のもの、五種類あったものを平らげてしまった。

銀のお盆の中には何も載っていない状態になって、あっとカーライルはそこで、自分がただフルーツサンドを食べるだけの人間になっていたことに気付く。

ニヤニヤとヴェンツェルが自分を見ていた。

「そうか、美味いのか。これは美味いものであったか」

ちょいとヴェンツェルが指を振ると、水晶の中にあの中庭が移る。栗色の髪の少女と黒い髪の少女が、穏やかに木漏れ日の中でおしゃべりをしている。

傍らには三段になったお茶のセット。紅茶がゆらゆらと揺れている。

棺の中でマリエラ・メイが見ている夢だという。

「さて、これに題名をつけるとすればどうなるのか。友情、あるいはあり得たかもしれない……分岐点と言うべきか。あの女は自身の存在を証明する必要などなかったのだ。男を陥落させるよりも、切り花に近づけばそれで良かった。あの憤怒の竜の友人になれば、受けられた恩恵は山ほどあっただろう。隔離され、自分というものの存在がないようにと願っていたイヴェッタ・シェイク・スピアにとって、あの小娘の登場は、きっと良い変化をもたらしたであろう」

「だが、実際はそうはならなかった。そうだろう、ヴェンツェル」

「あぁ、そうだ、皇帝。そうだ。もし、マリエラ・メイという女が王子ウィリアムではなく、イヴェッタ・シェイク・スピアに近づいていたら、自分の兄の敵と思って近づいたとしても、この物語は随分と変わったはずだ。ただその場合、お前は皇帝にはなれなかっただろうし、お前の国は救われなかった。そして何より、エルフの国は不変なままであっただろうし、銀の男も目覚めないままであっただろう」

「……俺の命は別としても、その方が世界的には良かったんじゃないのか」

今の状況を考えると、そう思わずにはいられない。

「だが、その場合は憤怒の竜が目覚めて世界は滅んだだろう。だからあり得てはならなかった未来だ。それ故にこうなった」

あの女はイヴェッタ・シェイク・スピアに関心を持たないようにし、男を陥落させることを選んだ。選ばされたというのだろうか。

「おい、ちょっと待て」

カーライルは不吉な言い回しに待ったをかける。

「つまり……どういうことだ」

「サイコロの目だよ、皇帝。まぁ、そんなことはどうでもいい。お前たちには関係のない話だ。さて、王弟はどうなっただろうか」

テオの弟ビル。

彼が生き残った場合のことをカーライルは考えた。

その場合、キファナ公爵家は第三王子ウィリアムの暗殺に成功したのではないか？

その場合、王としてイヴェッタの学生生活を見守ったのはビルだったのではないか？

そうなるとイヴェッタはどうなった？

いや、まだ答えを出すのは早い。

しかし何か、嫌な予感がした。ひどく気持ちの悪いことを自分が考えてしまったようでならない。

カーライルは首を振った。ヴェンツェルはニヤニヤとしている。

「さて、では次の料理を回収しに参ろうか」

自称美食の神、ヴェンツェル。その目は青く、深く、まるで海のようだった。

自分が鼠か盗賊にでもなったような気分だ。

再び戻ってきた王宮の中。手にある地図はだいぶ広がっている。王の寝室から始まって、今では地下牢まで、あちこち行けるようになった。

一度会った人の名前は地図に現れる。便利なものだ。

しかし、テオの時以来、特に舞台の仕切り直しというのは起こっていない。カーライルはこのお芝居、茶番、舞台、呼び方は何でもいいのだが、このあれこれが何もかも統一性があるわけではないと思った。

いうなれば、結果は同じ。全員が棺に納まる。

しかしその過程が少し、異なっているのだ。

例えば物語の筋は決まっているが演出家は違うような。

「まぁ、そんなことを考えて何が分かるわけでもないんだが」

さて次はどうなるのか。

ヴェンツェルはいない。例の食堂でこの様子を眺めているに違いない。カーライルはせいぜい神様を退屈させないようにしてやるか、とそんなことを思っていると、ぐいっと、服を掴まれた。

「おおっと……」

「貴様か。無礼にも妾の王宮で好き勝手している者は」

どん、とカーライルは壁に叩きつけられる。

この自分が??

カーライルは護身としてある程度の武術の心得がある。それにそこそこ腕に覚えもあった。

だがこうもあっさりと、カーライルは壁に背を打ちつけられて、そしてドン、と両脇を腕が逃げないように阻まれた。

「他国の皇帝ともあろう者が、何をあちこち嗅ぎ回っておるのじゃ」

「アハハ。こっちだって好きでやってるわけじゃ……」

淡々とした声にカーライルが言い返そうとして、しかし言葉は途中で止まった。

まず見えたのは、銀色に輝く美しい髪。

深緑のような瞳。

こちらに対してまるで、虫けらか腐敗した野菜でも見るような目を向けているのは、美しい女性だった。

思わずカーライルが言葉を失っていると、その銀の髪の美しい女は顔を顰める。嫌そうな顔ですら美しい女はとことん美しい。

「何じゃその顔は」

だが美しい顔とは異なり、その女性の口からは辛辣な言葉が発せられた。高貴ではあるが、温かみが一切ない。氷でできた花のような人だった。

「美しいお方、一体あなたはどなたでしょう。なぜ私にこのような積極的な振る舞いを」

「妾の名を知らぬ者に、なぜ妾がわざわざ教えてやらねばならぬのか」

「これは失礼いたしました。私はカーライルと申します」

「ドルツィア帝国皇帝であろう」

「知っていただけて光栄です」

「ドルツィア帝国の皇帝は軟弱者じゃと噂じゃからな。貴様がそうだというのはすぐに分かった」

にこにこと、カーライルは美しい女性からの自分の評価を嬉し気に聞いていた。

その様子に女性は苛立ったらしい。眉を軽く動かして、挑むようにカーライルを見上げる。

「死にゆくばかりのこの国に今更何の用じゃ。まぁ、ドルツィア帝国も直に滅びるじゃろうがの。ふふふ」

顔は全く笑っていない。だが声だけで馬鹿にするように笑い声を立てるのは、人によっては神経を逆撫でしただろう。

だがカーライルにとっては、一目見て心を奪われた愛しい人のお茶目な姿である。

「それはお互い様ではございませんか？　この国とて、もう長くはないでしょう。どうです。滅びゆく国の王族同士、少しおしゃべりでもなさいませんか？」

この女性が王族であることは間違いないとカーライルは予想していた。

銀の髪に緑の瞳。おそらく、スカーレット王妃の長女カッサンドラだろう。普段は離宮に籠(こも)っている姫君で、人前に出ることは稀(まれ)だと聞いた。

これほど美しい姫君ならば、確かに隠しておかなければ戦になるかもしれないとカーライルは本気で思う。

「親愛なるテオ国王陛下のお美しいご子息にはご挨拶させていただきました。しかし、あなたのような方を後回しにしてしまったことが心底、悔やまれてなりません」

「……何じゃこの、軽薄な男は。貴様はなぜ父上の部屋に出入りしていたのか、それを答えればよいのじゃ。それ以外はただの戯言であり、妾には不要じゃ」

カーライルは微笑んだ。

「では貴方(あなた)から、貴方の御名を教えていただけませんか。それで私も私の秘密を一つ、お伝えしましょう」

「カッサンドラじゃ」

「カッサンドラ。美しいお名前ですね」

「口にしてよいと言った覚えはない」

「失礼いたしました。殿下」

高貴な猫のような女性だった。カーライルが丁寧に扱うのを見て、カッサンドラは当初の警戒心を少しは解いてくれたようだ。

「……して、貴様、何をしておる」

「これでも世界を救おうとしているのですよ」

「戯言は聞かぬと申したはずだが」

「いえいえ、本気でございます」

と、カーライルはここでカッサンドラに事情を話した。

自分の国は美食の神ヴェンツェルによって機能を停止させられ、自分は国民を救うために料理を献上しなければならない。そのうちのいくつかは手に入れたけれど、まだまだ先は長いこと、そして料理を献上した者は棺の中で、あり得なかった自分の未来を夢見続けることを語った。

「……美食であればこの国には数多くあろう。今のところ何を手に入れたのじゃ」

カーライルは答えた。それらの名前を聞きながら、カッサンドラは眉を顰(ひそ)める。

「それで国を救う気か？」

「と申しますと？」

「美食といえば贅を凝らした品であるべきじゃろう。そのような街の食堂でも食べられるような品でよいものか」

「こればかりは美食の神の判定によりますので、私からは何とも」

「そうか。では妾も何か一つ献上すべきであろうか」

さらりと言ったカッサンドラにカーライルが慌てた。

「いやいやいや、王女殿下。私の話聞いてました?? 棺に入ることになるんですよ」

あの棺に入れられた人間がどうなるのか、それはまだカーライルにも分からないことだ。だが十中八九、ロクなことにならない。

必死に止めるカーライルに、銀の髪の美しい王女殿下は目を細め、不快を示す。自分が行いたいと考えていることを他人に止められることに我慢ならない、王族らしい反応だったが、カーライルには、あえてそう彼女が態度に表しているのだと分かった。彼女のような人間は本来、感情の起伏を表面に出さずにコントロールできる。それをわざわざ相手に分かるように示してくれている。コミュニケーションをとる意思があるのだと知って、カーライルはなぜか彼女のことがますます好きになっていった。

「それの何が問題じゃ。それとも、献上する者は決まっておるのか」

「いえ……そういうことはないと思いますが」

ではよかろう、とカッサンドラは乗り気だった。

自分もこの国のために何か一つくらい、役に立つことをしたいのだという。

カッサンドラは第二王子マークスの姉だった。

母親は王妃スカーレット。

生まれた順番でいえば、第一王子より早かった。

それはこの国の第一子であるということだ。

しかしその存在はほとんど噂にならない。優秀ではないとか、顔に大きな傷があるとか、だから社交界に出られないのだと、そんなことを語られたのもはるか昔のことだ。

イヴェッタ・シェイク・スピアが生まれて華やかな時代を取り戻したルイーダでは、ほぼ忘れ去られた存在だった。

王妃スカーレットの第一子でありながら、なぜそんな扱いを受けているのか。

カッサンドラは知っている。

それは自分が王子ではなかったからだ。

男児として生まれてこなかったことがカッサンドラの罪だと、スカーレットは物心ついて母を求める娘に語った。

『王位を継げぬお前に私がくれてやる愛情などない。お前は私の役には立たない。お前の自己満足に付き合う時間は私にはない。お前に母が必要だというのなら、その役者は揃えてやるから、それで満足しなさい』

カッサンドラは賢い娘だった。

なるほど、私の母親はそういう価値観の人なのか、とその言葉で納得して、それ以上、スカーレットと接触しようと自分から求めることはしなかった。

美しい娘に成長したカッサンドラだが、縁談は一つもなかった。テオは子供に無関心。そうであるならスカーレットがカッサンドラの嫁ぎ先を見つけてくるべきだったが、彼女はその役割を果たす気がなかった。

神の国ルイーダの第一王女だが、カッサンドラは花のような美しさを誰にも知られることなく成長し、そして結婚適齢期を過ぎていった。

自分から望んで結婚したいということもなかった。

そしてカッサンドラは、自分がイヴェッタのスペアとして、王室に留め置かれていなければならないのだと分かっていた。

ついてこい、とカッサンドラに言われるまま、カーライルはその背を追った。揺れる長い銀髪を眺めているると、くるり、とカッサンドラが振り返る。

「何じゃ」

「失礼いたしました。あまりに美しい髪なので見とれてしまいました」

「ドルツィアの男というのは無礼じゃな。そのように女の体について言葉にするでない」

「申し訳ございません」

「まあよい。誰もが妾に向かってそのように言う。美しいと言われることには慣れておる。妾があまりに美しいものでな、母は妾を人に会わせぬようにと必死であった。美しい女というのは苦労をするものじゃ」

とんでもない女だな。カーライルは面白くなってきた。

美しいことが罪と、これほどまでに堂々と言う人物は初めてだ。

イヴェッタ・シェイク・スピアやマリエラ・メイも確かに美しかったが、まあ確かにこの女の美しさは別格だろう。

閉じ込めておきたいという理由が分からない。

「妾は未来が見えていてな」

「未来がですか？」

「そうじゃ。スカーレットという女がいるのじゃが、妾の母でな。側室が身ごもり、それが男児であった時に、太陽の神殿に妾を捧げて願ったそうじゃ」

どうか次は男の子を産ませてください、と。あの女に信仰心があったのは意外だったが、人間は自分ではどうにもならない時に祈るのだとイヴェッタも言っていた。

「そしてまぁ、妾に予知の力を授けたのじゃ。男が生まれる女が分かる」

「ピンポイントな予知能力ですね⁉」

「全くじゃ。おかげでスカーレットは、男児が生まれる予定の側室を次々と……おっと、まぁ、これは他国の者には聞かせられぬ話じゃな」

なるほど。すごい話だ。

そういう経緯でスカーレットは第二王子を産めたわけだが、第一王子がいるのに、第二王子が玉座につくことはない。

「まあそんなことはどうでもよいのじゃ。とにかく妾は予知もできて、美しい女だ。その妾の献上する料理であれば国を救うこともできよう」

「とんでもない自信ですね……」

自己肯定感が強すぎる。

しかし、ウジウジと後ろ向きな女より、これくらい自分に自信のある女の方が好ましい。

「しかし、なぜそんな美しい貴方が国のために何かなさろうとするのです」

棺行き、イコール戻ってこられないだろうことを、この賢い女性が分からないはずがない。

カーライルが問うと、カッサンドラは何でもないことのように答える。

「王族の務めとしてな。そうであろう」

「もっと他にすべきことがあるのではありませんか。例えばほら、私のお妃になるとか」

「戯言を抜かすでない。口を削ぐぞ」

本気なのだが、カッサンドラは嫌がった。カーライルは素直にこの女についていくことにした。カッサンドラが案内したのは離宮だった。

王女の部屋が開放されたというアナウンスが頭の中に響く。ちらっと地図を見ると、確かに王女の部屋が開放されている。何なんだこれ？

「さて。それでは、妾が神に献上しようという料理についてだが。貴様、本当にただ料理を集めているだけか」

「とおっしゃいますと」

「あまりに不自然でな。貴様がうろうろしておるのはまぁ、よい。目障りではあるが……スカーレットも気付いておるぞ。まだ相対しておらぬようだが、それは貴様が俊敏に動けているというだけではなく、何らかの加護であろう」

「一応これでも、神様のお使いなので、そうでしょうね」

「貴様が地下に行くのも知っていたが、貴様を見つけることができなかった。妾の足が遅いというだけではない。今が時ではないのだろうと。そのように判じた。そうして今貴様に声をかけることができたのであるから。妾は今貴様に関わってよいとお許しいただけたのだろうよ。つまり、貴様のいう棺に、妾が納まる番が来たのじゃろう」

淡々とカッサンドラは語るが、カーライルは何のことだかよく分からない。首を傾げると、カッサンドラが軽く手を振った。

「よいよい。神の信徒というのはそういうものじゃ。総じて、何も知らぬまま神の手足となるものじゃ」

カッサンドラは聡明だった。

何かをある程度把握しているようだった。カーライルに質問したのも、自分の中で考えている内容の裏取り程度だったのかもしれない。

少しイヴェッタに雰囲気が似ている。美しさで神に愛された女だからだろうか。

「妾は確かに太陽の神の寵愛を得ておるがの。イヴェッタ・シェイク・スピアとは異なるものじゃ。あれは花であろう。だが妾は違う。ただ愛されただけ。妾自身が何かを得られるものではなかった」

「ですが、あなたは美しい」

「そうだ。妾は美しい。美しいということは、それだけで多くのものを手にできる。妾が醜い女であったら、王族であろうとも、今のようには生きられなかっただろう。この価値を分かっておるのじゃ。そして美しい女は、頭が良くなくてはならない」

つまり、その美しく賢い自分が考えるところによれば、料理を集めるのはただの建前ではないか、とカッサンドラは言った。

「料理を集める過程に意味があるのではないか」

「……」

過程。

料理を献上する人間の内面を見世物にして、最後は棺に納める。

そもそも、なぜ棺なのだろうか。棺、というのは基本的に……死者のものだ。死者が安らかに眠れるように、残された者が用意するもの。

「貴様は棺の話をしたな。棺というのは、人が人生で一度きりしか使わぬもので、そして自分で用意したとしても、使用する時には自分の意思はない」

「はい、そうですね」

「似ておるな」

「と、言いますと」

素直に首を傾げたカーライルにカッサンドラは、なぜ分からないのかという顔をした。聞けば答えてくれると思っていたので、カーライルは美しいこの女性に自分が愚か者だと思われるのも嫌で思案する。

棺に似ているもの。といえば、まぁ、寝台だろうか。人が長く横たわるもの。だが、そんな平凡な答えではないように思う。

そもそも今回出現している棺がその本来の用途通りだとすれば、最終的に棺は土に埋められる。そして地下は冥王ハデスの領域だ。

自称美食の神ヴェンツェルが、冥王ハデスに七人の魂を献上しようとしている、ということなのだろうか。

「分からぬか」

「……遡(さかのぼ)って考えますと、棺の前に使うのは寝台。寝台の前は……揺り籠(かご)ですね」

「そうじゃ」

カッサンドラは、これは棺に偽装した揺り籠ではないのか、とそのように思うらしい。

「貴様が申したじゃろう。悪夢を見続けるとな。棺の中に納まるのは死者だ。死者は夢など見ぬ。夢を見るのは揺り籠の赤子ではないのか」

微睡んで、夢の中。自分の罪の告白をして、そして、何になるのか。

「……棺に納めた者に夢を見させることが目的のように思えるのう。料理というのは思い出じゃ。掘り起こす道具として相応しい。無論、美食の神というのも本当の話やもしれんがな」

自分が知る情報が少なすぎることをカッサンドラは認めた。そしてこの謎に対して、自分はただの好奇心があるのみで、解く必要があるのは自分ではないとも言う。

「相手が神であるのなら、人との約束は契約となろう。であれば、七つの棺に人が納まり、料理が献上されればそれきり、それでこの国が救われるというのなら、妾に異論はない。その神に何か他に企みがあろうとな」

カッサンドラはカーライルを調理場へ案内した。王女が暮らす離宮には人の気配がほとんどない。

まさかトルステのように一人で過ごしているのかと、この国の王女がそんな扱いを受けているのかと驚くと、カッサンドラは目を細めた。

「この国が窮地に陥っておるというのに、妾の周りだけ不変というわけにはいかぬ」

もともと仕えていた侍女たちは実家に帰したとカッサンドラは話す。

この国は滅びるだろうとカッサンドラは予想していた。人が死ねなくなっている。災害は続き、作物もロクに育たない。

そんな中で貴族たちは自分の生活を維持しようとしているが、カッサンドラは自分に仕える者たちにどう終末を過ごしたいのか一人一人問いかけて、そして誰もが、カッサンドラの傍にいるより、家族と過ごすことを選んだ。

「……」

一人くらい、残るという者はいなかったのか。

カーライルは侍女たちの忠義の低さに腹が立つ。

「妾がそう仕向けたのじゃ。好かれる主人として振る舞っておらぬからな」

侍女たちにとってカッサンドラは扱いにくい、気難しい王女だった。だから誰もが、国がこのまま滅ぶなら、恐ろしい主人と共にではなくて、自分を大切に、尊重してくれる家族といることを選んだ。それは当然のことだとカッサンドラは言う。

「慈しんでくれる家族がおる者は、家族と過ごす方が良かろう」

「しかしその侍女たちは、貴方の行いで国が救われたら、王宮の侍女を辞めたことを後悔するでしょうね」

せめてそれくらいの苦労は背負ってほしいとカーライルが言うと、カッサンドラは「妾の侍女になった経歴のある者が、再就職先に苦労するわけがなかろう」と正論を吐く。

この王女は自分を美しすぎる存在だと傲慢なことを言うくせに、ちっとも自分を大切にしない。

「さて、それでは妾が献上する料理じゃがな。これを考えておる」

「……石鹸？」

がさごそと、大きな冷蔵庫からカッサンドラが取り出したのは、角の取れた石鹸のような……乳白色の固形物。

「ドルツィアは愚か者を玉座に座らせたのか。石鹸なわけがなかろう」

小馬鹿にされたが、石鹸にしか見えない。

「知らぬのか。珍味の一つとされておるじゃろう。太らせた鵞鳥(がちょう)の肝臓じゃ」

フォアグラという、その名前はカーライルも知っている。実際に見たのは初めてで、もちろん食べたこともない。

何しろその作り方が……カーライルにはただ恐ろしかった。

「そんな顔をするでないわ。嫌か」

「嫌というか……その……あまりに惨(むご)いな、と……」

フォアグラ。鵞鳥に強制給餌をして無理に太らせて肝臓を大きくする。鵞鳥にはほとんど運動をさせず、ただ太らせるためだけに餌を与え続けて、そして殺してしまうというのがどうも。

「珍味なのじゃがな。妾がよう好むゆえ、冷凍して常備しておるのじゃ。妾専用に」

「……」

侍女を家族のもとへ向かわせた優しさがある女性が、自分の食に対しては妥協しない。カーライルは、うーん、とどう受け止めるべきか迷った。

「これを冷蔵で戻してな、焼くのじゃ。付け合わせは果物がよい。塩胡椒と、ソースをつけて食べるのじゃ」

自分の好きな料理の話をするカッサンドラは楽しそうだ。

美しい人の楽しそうな様子。可愛い。と素直に思えたので、カーライルはこの微笑のためなら鵞鳥の肝臓の一つや二つ、仕方ないな、と思うことにした。

カタカタ、と、歯車の音。

「その女でよいのか」

パタン、と、停止するカッサンドラ。

室内が暗くなり、カーライルの背後にヴェンツェルが立っていた。

「……ッ」

「その女は予定に入っていなかったが。まぁ、料理を献上したいというのであれば、よいだろう」

「…ヴェンツェル殿。ただ料理を献上する、それだけでは駄目なのか？」

ばっと、カーライルはヴェンツェルを振り返り、懇願した。

テオ、トルステ、マリエラ、ゼーゼマン、これまで四人を棺に納めてきた。しかし、集めた料理は五種類だ。

「そもそも、イヴェッタは棺に納まっていないじゃないか」

最初に料理を献上したのはイヴェッタだ。あの時に棺は用意されなかった。

ということは、棺に納まるというのは絶対ではないはずだ。

「………」

カーライルの懇願に、ヴェンツェルは目を細め見下ろしてくる。深い青の瞳がカーライルを、突然喚き出した肉の塊程度にしか思っていない。

「……なぜ俺なんだ？　ヴェンツェル殿が、ご自分で料理を集めて回ればよいでしょう」

「神のために信徒が奔走するのは当然であろう」

「俺はあなたの信者じゃない」

「この女が愛しいか」

「無関係でしょう、彼女は」

これまでの登場人物たちは皆、イヴェッタの関係者だった。この国が滅びることになったのは、言ってしまえばイヴェッタのせいだ。それを防ぐための人柱でも集めているというのなら、カッサンドラは無関係だとカーライルは言いたい。

ただ料理を集めているだけではないのかもしれない。

カッサンドラの疑問をカーライルは信じた。

「……」

「強欲、傲慢、色欲」

「……はい？」

「その女の告解が、残りの棺に当てはまるものでなければ、納められることはないだろう」

「つまり、先に棺を埋めてしまえば、カッサンドラ殿は不要では？」

「……」

間髪入れずにその選択肢を口にするカーライルに、ヴェンツェルはやや驚いたような顔をした。

「……」

「そういうことでしょう」

カッサンドラを見逃してもらう代わりに、誰か他の代役を立てればいいと、カーライルの判断は早い。

人でなしだとカーライルは自分のことを思わなかった。

彼女が棺に納まるより、適任は何人もいるはずだ。

「この国の人間に限定しなくてよいのであれば、イヴェッタに関わった冒険者姉弟がいます。イヴェッタと懇意にしていた聖職者がいます。イヴェッタのおかげで領主になれた者がいます。すでにイヴェッタの両親が棺に納められているのです。イヴェッタの二人の兄も納めてあげた方が、公平かもしれませんよ」

もうすっかり、カーライルの腹は決まっている。

そもそもこの自称美食の神がイヴェッタの家族に手を出しているのだから、彼女の恨みを買う可能性について、責任は自分ではなくヴェンツェルが負うべきだろう。

自分の国民を人質に取られ、カーライルはもっと自分は怒っていいと思うし、ルイーダの人間とドルツィアの人間のどちらが自分にとって大切かを考えるべきだった。

カッサンドラを妻にしたいと思う自分を認めれば、彼女はドルツィアの王妃になるのだから、ここで彼女を助けるために誰かの命を犠牲にしても、まぁ、仕方ない。

「……そうか」

「では！」

カーライルの提案をヴェンツェルが受け入れてくれたと思った。だが神は、人間の言葉に耳を傾けたとしても、それを聞き入れることはない。

ぱちん、と、ヴェンツェルが指を鳴らす。

場面が変わった。

舞台の上、銀の髪の美しい王女がスポットライトを浴びている。

「平等に、公平に、機会を与えてやるべきだろう」

「父上はなぜ働かぬのじゃ」

「……え、えぇぇぇぇえ………」


幼い頃からカッサンドラは、父王テオのことが不思議で仕方なかった。

国でたった一つしかない至高の玉座に座る父。金の髪の美しい人がただ美しさだけで玉座についたわけではないことは、物心ついた頃から分かっていた。

カッサンドラは、自分の優秀なところは全てこの男から貰ったのだろうと考えていたが、父王テオは玉座に座っているだけだった。

「可愛いカッサンドラ。僕はこれでもちゃんとお仕事をしてるんだけどなぁ～」

テオはカッサンドラを可愛がった。王子の誕生でなかったことを周囲が嘆く中、生まれた王女を抱き上げて「君に会えて嬉しいよ」と祝福を与えた。

まだ当時はイヴェッタ・シェイク・スピアが生まれていない時代。国はテオの次の王を育てて未来の安心を作りたがっていた。

自分は生まれてくるべきではなかったのだろうな。

赤ん坊の頃、カッサンドラはそんなことを考えた記憶がある。赤ん坊でも、賢ければそれくらいのことは考えたのだ。

しかし、それでもテオはカッサンドラが生まれたことを喜んだ。

六つになったカッサンドラを自分の膝に座らせて、この国はもう安心なんだよと語ってくれた。

「あんしん、ですか」

「そうだよ、カッサンドラ。安心なんだ。もうね、誰も苦しまなくていい。もう皆が凍えることはないし、お腹が空いているのに、それをしゃべるのを我慢することもなくなったんだ」

「だから父上は働かぬのですか」

「うぅーん。働いてるんだけどなぁ～」

嘘だとカッサンドラは思った。テオは娘の容赦のない問いかけに困ったような顔をする。そしてぽんぽん、と娘の頭を軽く叩くように撫でた。

なんとなくカッサンドラはテオが、「無能であること」を貫いているような気がした。

テオは先代の国王が「これは完璧な後継者だ」と認めて決めた男だ。だがテオは、イヴェッタ・シェイク・スピアが生まれてからは、その優秀さを一切表に出すことはせず、自分の能力が生かされないまま国が問題なく存在し続けることを証明し続けた。

「お前が神殿に行きなさい」

スカーレットにそう命じられたのは、第三王子ウィリアムが学校を卒業した翌日のことだった。

「……」

お前が、という言葉の意味をカッサンドラは考える。

これまで自分の存在を無視し続けていた母に、早朝から呼び出されたかと思えば、一体何が起きたのか。

自分が知る限りの情報から判断できるのは、イヴェッタ・シェイク・スピアの身に何か起きたのだろうというところ。

お前が、というのはイヴェッタの代わりだ。

神殿はもともと、イヴェッタが卒業後に身を寄せるはずだった場所だ。ウィリアムと結婚をして、そのまま神官になる。普通の王族の結婚ではあり得ないことだったが、イヴェッタ・シェイク・スピアが神官になるのを望んでいたのだから仕方ない。

そのイヴェッタに何かあって、神殿に入れなくなった。ので、代わりに行ってこいということ。

なるほど、死ねということか。

カッサンドラは理解した。

おそらく、というか、高い確率で、イヴェッタ・シェイク・スピアがこの国から出ていったのだろう。

カッサンドラの弟であるウィリアムのことをイヴェッタは気に入っていたと思うが、勘違いだったたか。

イヴェッタ・シェイク・スピア。

神に愛された奇跡の乙女。神の切り花。

その女がこの国から出ていった。そうなのだろう。

これからこの国にどんな災厄が起こるのか。

(その割に……スカーレットの様子は普通じゃな)

おや、と、カッサンドラは思う。

いつも通りの王妃だった。黄金の髪をつつましく結い上げて、王妃の衣装がよく似合っていらっしゃる。理想的な王妃の姿。この国の母。

怠惰(たいだ)なテオよりも熱心に、真剣に、強い思いでこの国を憂(うれ)いているスカーレットが、イヴェッタ・シェイク・スピアが出ていったというのに……随分と普通だ。

「……」

スカーレットはカッサンドラを見なかった。自分が生んだ娘だとは覚えていないのではないかと思うほど無関心だ。スカーレットはカッサンドラに有益であることを求めもしなかった。

ただイヴェッタ・シェイク・スピアのスペアになるかもしれないと、神官の真似事ができるように環境を整えさせた。

王妃に言われるまま、カッサンドラは神殿に入った。

イヴェッタ・シェイク・スピアが出ていったことを知った神官は慌てふためき、神官長は自分が死んで神に謝罪する必要があると考えていたほどだった。

「ではその役目は妾が」

カッサンドラは志願した。ルドヴィカが選んだ神官より、この国の王族の血が流れた方が神も喜ぶだろう。

この国からイヴェッタ・シェイク・スピアを追い出して、ただで済むわけがない。

「どうかお許しください」

しかし、カッサンドラは死ななかった。胸に剣を突き立てても、毒を飲んでも、吊っても死ななかった。

「……」

これは奇跡、ではない。呪いではないのか。

異変はカッサンドラの身に起きただけではなかった。

王都の貴族、ウィリアムの元同級生、後輩たち、正確にはイヴェッタ・シェイク・スピアが追い出されたパーティーの参加者たちが皆揃って、呪われた。

死んでもおかしくないほど体がぐちゃぐちゃに溶けるのに、死なない。痛みと苦しみで発狂し、あちこちの貴族の屋敷から奇声が響き渡った。

「なるほど。これは……この国が見捨てられたのか」

人が死ねない国になったらしい。

病があっても、怪我をしても、苦しむだけで死なない。

このありさまを奇跡と呼ぶ者もいたが、カッサンドラの見解は異なった。

「スカーレット」

「王妃殿下と呼びなさい。第一王女」

「なぜ毒を盛ったのじゃ」

自分が神殿でできることなどないからと、カッサンドラは宮殿に戻った。そして真っ直ぐに王妃の執務室へ向かい、人払いをしてもらった後に、スカーレットに質問をする。

「あれはキファナ公爵家を潰した時と同じ手じゃな。毒と呪いは貴族の嗜み。油断した方が悪いが……これは悪手ではないか」

スカーレットの毒とは関係なしに、人が死ななくなっている。これは神がこの国を見捨てたのだろう。それは今はいいとして。

「死んでおらぬのでまだよいが、死んでおったら大事じゃ」

「何の問題があるというのです」

「分からぬのか。イヴェッタ・シェイク・スピアを追い出した以上、連れ戻さねばこの国の破滅は免れぬ。というのに、あの夜の関係者にこうも異変があっては……国内でイヴェッタを疎む者が現れよう」

スカーレットはカッサンドラの話を、執務をしながら片手間で聞いていた。顔を向けることはない。執務室に通されただけマシだった。

「王妃」

「私はお前に何も求めていません。お前が口を開きたいというから許してやっただけ」

スカーレットははっきりと、カッサンドラの言動を切り捨てた。これは彼女が生まれた時からのものだ。スカーレットはカッサンドラに何も期待しない。

というよりも、もしカッサンドラが何かを手に入れることができて、それをスカーレットが持っていなければ、スカーレットはなぜ自分の手に入らなかったのかと、嫉妬の目を向けるだろう。

カッサンドラはそれを分かっていた。だから息をひそめて生きてきた。

だがさすがに、国が滅びるかもしれないというのに、黙っているのは悪意だろう。

そう思って、娘を娘と思わぬ女に会いに来たというのに、王妃はこの実態を全く問題にしていなかった。


「カッサンドラ殿」

「名前で呼ぶことは許しておらぬが」

王宮を、こそこそと動き回る不届き者がいた。

変わった男だった。

テオのように優秀だが動かないわけでもなく、マークスのように無能ながらに必死に走り回るわけでもない。

ウィリアムのように愛されたいと必死になっているわけでもない、奇妙な男。

「……料理、料理、とな」

その男、この国を救いに来たと言った。

他国の皇帝が、なぜ他国のために必死になってくれるのか。うさん臭いことこの上なく、料理ごときで国が、世界が救えるなどと、あまりにも妄言が過ぎる。

だが料理を献上すると棺が一つ、現れる。その話は気になった。

（棺というのは揺り籠。揺り籠とは繭(まゆ)ではないか）

そもそもこの国が贖わなければならない罪とは何か。イヴェッタ・シェイク・スピアを追い出した、それは確かに神々の怒りに触れることかもしれない。しかし、テオの話を聞くにイヴェッタ・シェイク・スピアはウィリアムに言われたから出ていった、としても、決めたのは自分の意思だ。

出ていけと言われたからといって、本当に出ていくわけがない。

出ていかぬ選択肢もあったのに、あの伯爵令嬢は出ていくことを選んだのだ。

カッサンドラにはそこに、イヴェッタ・シェイク・スピアの意思が染み込んでいると思った。

だからこの国は、即座に焼かれずに済んだのではないか。

だとすれば、罪などあるのか。

(まぁ、罪というのはない、ことはまずないか)

誰でも罪がある。

そもそも、罪というものの定義は、人によって定められるものではない。国が定めるもので、それは法だ。この国の基準で言えば、滅びるほどの罪はないはず。

だが、この国が滅び、それが罪だというのなら、それは国や法ではなく、神々が定めた決まり事で、人が自覚するのは難しいのではないか。

カッサンドラは自分を見つめるカーライルを見つめ返した。

この男がこの国にとどめを刺すのか、あるいは本気で救うのか。期待はしていない。他国の王が、するとは思えない。

カッサンドラはカーライルを、ただ料理を集めている青年と、そう見るだけでもよかった。だが、相手が皇帝であり、その皇帝がルイーダのために動いている、その事実を無視できなかった。

何しろカーライルは……どうも、勢いだけで生きているような気がする。心配だというより、放っておくとロクなことをしないような、逆切れをして何もかもを台無しにして、それでも岩の上に腰かけて「俺は悪くないからな」と不貞腐(ふてくさ)れているような感じがした。

その姿はなんとなく、カッサンドラの弟、第二王子マークスに似ていた。

熾烈なスカーレットを母に持ち、才能あるテオを父に持ったというのに、弟は平凡だった。男児の誕生を喜んだスカーレットでさえ、マークスが成長しカーテンの裏から出るのを怖がるような性質であるのを知って、「無能はいらぬ」と息子をも見捨てた。

案外あっさり弟が見捨てられたので、スカーレットは次の国王の母になりたかったのではなくて、女の意地として、側室より先に男児を産みたかっただけなのではないかとカッサンドラは思った。

「カッサンドラ殿」

カーライルがカッサンドラを呼ぶ。その声は、これまで自分の周りにいた侍女たちとは異なった。妙に真剣に、呼ぶ。

カッサンドラがこの国のために命を捧げるのは当然という態度を示すと、カーライルは嫌そうな顔をした。国などのために死ぬ必要はないと、一国の皇帝ともあろう者が何を言っているのかと呆れた。

だが逆に、王がそんなことを考えていても太陽は昇るし、国は変わらないのだと示しているような気がして、この男であればテオの心を理解できるのかもしれないと、それが少し悔しかった。

カッサンドラは自分のことを、美しい女だと理解している。

その美しさを母に疎まれていた。

生まれた時から光り輝くような子だったらしい。娘の美貌を利用することなどいくらでもできただろうに、スカーレットはしなかった。自分の娘が日に日に美しく成長していくのを間近で見ることを嫌がった。

母は、女が持つべきなのは知性であると、野心であると思っている。

己の娘が、美しさで一国の王を落としたと知れば、母は憤死してしまうのだろうか。

「俺に多少でも興味を持ってくれていたのは嬉しいんだが、え、俺、どっちかっていうと弟枠なのか!?」

「年下じゃからな」

パッ、と照明がつく。

カタカタと幕が下り、舞台の上には誰もいない。観客席にはカーライルと、そしてその隣にカッサンドラが座っていた。

棺は現れない。

そのことにカーライルは嬉しくなってカッサンドラを抱きしめようとしたが、銀髪の王女殿下はそれをぐいっと押しのけて目を細める。

「なるほど、こうして人の……胸の内を暴き立てるのか」

不快じゃな、とカッサンドラは眉を顰める。自分の心を見世物にされて、しかも観客がカーライルだ。

「不快じゃ」

「何度も言うほど!?」

「でなければ口にせぬわ」

カッサンドラは目を伏せた。緑の瞳の美しい女。

「なるほど、こうして自分が見世物にされて心を暴かれた者は……そうじゃな。恥辱にまみれて、自ら墓穴を掘ってしまいたいとすら思うやもしれぬ。そこに棺があるのなら、自ら入って固く蓋をしてしまうじゃろうな」

「……カッサンドラ殿も今、そういうお気持ちでしょうか」

「人に嗤われるのは慣れておる」

涼しい顔でカッサンドラは言った。カーライルはそれが本心なのか、舞台に上がっていない今、自分が知ることはできなかった。

「お前たち、そこで何をしている」

「⁉」

「……王妃」

叫び声のような女の指摘が、カーライルとカッサンドラに向けられた。

舞台が消えて、場所は……離宮の調理場だった。入口には王妃スカーレットが立っている。

「……うっ、わ」

いつか会うとは思っていたが、今かよ。

カーライルは何か怒っていらっしゃるらしい、この国の王妃殿下を眺めた。

輝くような黄金の髪に、白い肌。王族らしい威厳のある姿。眦(まなじり)は強く、人に「あぁ、きっと性根がひねくれているんだろうな」と思われてしまいそうな印象を与える。

「……男を連れ込むとは。王族としての自覚をなくし、淫蕩(いんとう)にふけるのはあの男にそっくりですね」

「……」

娘に向ける言葉ではないだろう。

現れたスカーレットは汚らわしいものを見るように顔を顰めた。思わずカーライルはその視線からカッサンドラを庇(かば)う。

「親愛なるルイーダの王妃様」

「口を開いてよいと許可した覚えはありませんよ」

「一国の王がなぜ、他国の王妃の許しを得なければならないのでしょう」

カーライルは睨まれてもにこにこした。

「俺はあまり皇帝としてちゃんと扱われないのですが、それでも皇帝なのですよ。それでその皇帝が、これからルイーダの麗しい王女殿下に求婚しようというのです。それを……」

カーライルはその先を言わなかった。あとは勝手に聞いた相手が、その価値観で台詞を考えてくれる。

スカーレットのような女であれば「たかが王妃が邪魔をする」とでも思っただろうか。

実際、王妃というのは尊重される存在で、カーライルも無礼を働きたくはない。だがスカーレットのような女は、男という存在に悪意を持っている。権力に対して執着心を持っていて、女というものを嫌悪している存在は、他人もそう思っているだろうと、他人も自分をそう扱うだろうと考える。

「ハッ」

スカーレットはそんなカーライルの浅はかな考えを一笑に付した。

「男だったというだけで玉座につけただけの臆病者に、我が国の王女を嫁がせるなどあり得ぬことです」

「どうでしょう。我が国の支援欲しさに、私を支持する貴族がいるかもしれませんよ。あなたとて、このままこの国が滅びるのは嫌でしょう」

「作物が育たぬ程度で滅びるものか。災害が頻繁に起こるからなんだというのか。この程度の災難、我が国にとっては珍しくない」

「人が死なないというのはさすがに災厄かと思いますが」

「お前の言葉は矛盾しておるな、ドルツィアの皇帝。人が死なぬこの国がどうして滅びるというのか」

そりゃ、神々とかいううさん臭い連中が、イヴェッタがいないこの国、この大陸に「もういっか」と見切りをつけたからだ。

一度更地にして、というよりは、例えば子供が粘土遊びをしてあれこれと、街を作ったとする。けれど思った通りの色付けができなかったのなら、一度それをぐちゃぐちゃにして元の粘土に戻してしまった方が、次に新しい、前よりも良いものができるだろうとそんな考え。

王妃スカーレットが、自分がこの国で君臨するためにつまらないことをしている間にも、もっと上位の存在が、人間の葛藤(かっとう)も苦悩も興味がないと欠伸(あくび)をしながら何もかもを台無しにしてしまう。

突然、視界が大きく揺れた。

「!?」

咄嗟にカーライルはカッサンドラを支える。細い体は大きな揺れでバランスを崩し倒れそうになっていた。

「王妃が!」

カッサンドラはスカーレットを心配した。王妃は近くの柱にしがみつこうとしたらしいが、うまくいかず地面に倒れる。

お母さま、と、カッサンドラが呼んだような気がした。

しかし、耳の中に届いて、それが脳で処理されたというのに、スカーレットは幻聴だと判断した。

娘が自分をそのように呼ぶことはないし、自分もあれを娘だとは、どうにも最後まで思えそうになかった。

腹に身ごもった頃から、何か妙な気がしたのだ。

もちろんスカーレットが肌を許したのは、夫であるテオただ一人。

それでも、何か、奇妙な思いがこびりついて、その思いは腹の内にまで染み込んだ。スカーレットはこの腹の子が、本当に自分とテオの子なのかと疑問だった。

それでも男の子が生まれてくればよかった。神話やお伽噺では、王妃が金の雨を手に取って口に含んで、天の神の子を授かることもあった。それならば、この腹から生まれた男の子が、たとえ何か得体の知れない存在だったとしても、それは何か、特別な良いことだと思えただろう。

『お前が男であったらどれほど良かったことか』

呪いのようにいつまでも耳に残る声。

言っている本人は賛辞のつもりだったのだろう。先代国王ヴィスタ。スカーレットをたいそう可愛がってくださった。

スカーレットは子供の頃から本が好きで、勉強が好きで、それがなおのこと、ヴィスタを喜ばせた。ヴィスタはスカーレットに、子供にするには難しい話もした。

例えば治水。例えば福祉事業。例えば法の整備。スカーレットに意見を求め、スカーレットはそのたびに真剣に検討し、自身の考えを告げた。

ヴィスタはスカーレットの答えを聞くと決まって、『お前が男であれば』と告げ、スカーレットの頭を撫でた。

男であればどうだったのか。

男であれば、テオやビル、その他の愚かな王子たちではなく、スカーレットを後継者にしてくださったのか。

スカーレットは聞きたかった。だがヴィスタはスカーレットに王妃の座は用意してくれたが、それを玉座に変更する気は一切なかった。

「やぁ、スカーレット。これからよろしく頼むよ」

夫になったのは、王子たちの中で最も美しく最も優秀なテオだった。服の下は傷だらけ、血だらけ。厳しくヴィスタに教育された次の国王は、へらへらと笑っているばかりだった。

こんな男を夫にしなければ、私は王妃になれないのか。

スカーレットはテオを嫌った。いや、最初からだったわけではない。

最初は、違った。

この国が貧しかったから、テオは学生時代から熱心に活動していた。民の声を聴き、貴族たちの考えを知り、王子としてできることを十分に行った。土地は貧しいままだったが、それでも、テオが王太子として即位して国民たちは「あぁ、次の陛下のなんと頼もしいこと」と希望を持つことができていた。

白状すればその当時のスカーレットは、そのテオの姿を嫌いではなかった。

むしろ誇らしく、すらあった。

羨望(せんぼう)の的となる存在。未来の国王陛下。

美しいテオ。

それが自分の夫なのだと。自分はあの夫に選ばれた女なのだと。そういう自負を胸に抱いていた。

愚かなことだった。

イヴェッタ・シェイク・スピアが生まれた。

そうして、国中がこれまでの苦難と苦労はなんだったのかと思うほど呆気(あっけ)なく、豊かになった。長年の苦労が報われた、長年の努力がついに実った。

のではなく。

ただ子供が一人生まれただけ。

たったそれだけで、何代も苦しみ続けた何もかもが、あっさりと。

「素晴らしいね。神に愛された娘じゃないか」

テオは玉座を温めることしかしなくなった。何もしなくても、国は豊かで平和だからだ。ルイーダに敵意を持った国は、勝手に自滅するようになった。豊かなルイーダの土地を得ようと、戦争の準備をするだけで疫病が流行(はや)り、水が腐る。

神に愛された国と、周囲から呼ばれるようになった。

「……」

何もかもが無駄だった。

スカーレットは10年、20年かけて行おうと考えていた政策があった。財政難をすぐには解決できないが、転がり落ちる坂の傾度を少しでも緩やかにして、少しでも、冬を越す薪を、どの家も増やせるようにと進めている事業もあった。
それらが一瞬で無駄になった。必要なくなった。生まれたからだ。イヴェッタ・シェイク・スピアが生まれた。だからもう二度とこの国は飢えることはなかった。

スカーレットの地獄が始まった。

舞台の上で女が慟哭するのを、ヴェンツェルは黙って眺めていた。神々の祝福を邪魔だと疎んだ女だった。
自分が生まれた理由を、自分の有能さの証明の場を、奪われたと恨んだ女だった。
人は神に救われたがるというのに、この女は、人を幸福にするのは、人を苦難から救うのは、人の知恵と苦しみ、努力であるべきだと信じている女だった。
神よりも、人を信じている女だった。

女はこう考えた。

神の娘などいなくても、この国が豊かになれると証明しよう。

「……これは、何をしたんだ」

真っ白な空間に、棺が七つ。

その中の人物にカーライルは見覚えがあり、その棺に彼らが自ら納まっていくのを眺めたのは自分だという自覚もある。

彼らのガラスの棺の上には、それぞれ花が添えられていた。

マリエラ・メイの棺には紫の芍薬(しゃくやく)。トルステ・スピア伯爵夫人の棺にはマリーゴールド。ゼーゼマン・スピア伯爵の棺にはマツバギク。そして。

「カッサンドラ！」

カーライルは自分の心を焼いた王女の名を叫んだ。冷たいガラスの棺の中に横たわり目を伏せている銀の髪の美しい王女。その棺には白いジャスミンが添えられている。

「……なるほど。花……これは……そういうことか」

「……スカーレット王妃」

「殿方は花言葉など知らぬのでしょうね」

「？」

「空いている棺は二つ。ホホホ。私の棺はそちらの青い花のようですね」

スカーレットはまだ無人の棺のうち、青い小さな花が添えられている方を見た。

「添えられた全ての花が、人の罪の意味を持っているのです。私の棺にはロベリア、傲慢の罪、ということでしょう。くだらない」

スカーレットは棺の上に添えた花を払い落とした。

「気に入らんか？　そなたに似合う花を探したのだが」

「お前は……」

ゆらり、と虚空（こくう）が歪む。

現れたのは大柄な男、ヴェンツェルだ。

スカーレットはヴェンツェルの姿を見て目を細め、僅かに首を傾げる。

「……あの時の悪魔か」

「悪魔ではないのだが」

「私の乗っていた船をひっくり返したではありませんか」

「ちょっとした悪戯だ。お前たち人間は好きな子に悪戯をして気を引くのだろう？」

「ドルツィア帝国の皇帝。この悪魔を引き込んだのはお前か」

ヴェンツェルを無視してスカーレットはカーライルに話しかけた。

「お知り合いですか？」

「子供の頃に少しだけですが、会ったことがあります」

「……」

カーライルは頭を抱えた。

「……つまり？　ヴェンツェル殿の探していた少女、というのは……王妃スカーレット……あっ、くそっ……少し前、の少しの基準が……おかしい！」

神からすると、十代の少女も四十代の女も大して変わらないらしい。

金髪の〝少女〟に絞って探した自分の愚かさを嘆きつつ、カーライルはスカーレットとヴェンツェルの間に割って入った。

「……ヴェンツェル殿、貴殿の望み通り……こうして少女……女性は探し出せたんだ。ドルツィア帝国の国民を元に戻してほしい」

空いている棺に自分が入るように仕向けられていることは分かったが、カーライルはこの件に関して、流されるわけにはいかなかった。

自分は皇帝なのだ。ここで棺の中に納まったとして、それはそれとして、国民を道連れにする必要はない。

石化から復活した国民は、貴族たちは、玉座に戻らぬカーライルを少しは気にするかもしれないが、すぐに自分たちの生活を取り戻すために次の王を決めるだろう。

まぁそれなりに皇帝生活も満喫したし、あとは棺の中で悪夢を見続けるかと、カーライルは受け入れている。

「無論、約束は守る」

「そのままこの国を滅ぼす気なのでしょう、お前」

ヴェンツェルが頷いた直後に、スカーレットが言い放つ。神気を放つ神々しい大男相手に、金の髪の王妃は少しも怯(ひる)む様子がない。

「スカーレット殿。いや、誤解だ。ヴェンツェル殿は他の神々がこの大陸を滅ぼす決定をしたのを、覆そうとされて……」

「イヴェッタ・シェイク・スピアのこと。神の切り花とは何なのか。私も色々と調べました。あれは災厄でしょう。滅びの種子でしょう。七つの人の罪を人の形に閉じ込めて、神の力を使わせて、世界を滅ぼす竜とする」

だからあの娘は追い出さなければならないのだ、と、スカーレットは強く語る。

「東の国の歌に、立てば聖女、座れば悪女、歩く姿は神の花、という乙女の話がありますが……あれは神の切り花を歌ったのでしょう」

イヴェッタ・シェイク・スピア、神の切り花についてスカーレットが調べた時、彼女はイヴェッタという存在を、国にとっての災厄だと判断した。

イヴェッタに割り当てられた罪がどのようなものかまではスカーレットには分からなかったが、人が欲望を抑えられるわけがなく、いずれイヴェッタが竜になることは明らかだった。

「ルイーダに神の恩寵など不要です。いずれ竜（イヴェッタ）に焼き尽くされる前の派手な装飾のように不気味なほど繁栄させられるのはまっぴらです」

「……スカーレット殿の犯行動機は分かったんだが……それと、ヴェンツェル殿の行動に関係があるのか？」

「この悪魔はこの七つの棺を竜に見立てて、この国を焼くつもりなのでしょう」

本来は切り花として愛された存在だけが成ることのできる竜だが、棺の中の「茶番」の登場人物たちは皆、神の寵愛の恩恵を受けてきた者たちだ。

「世界という規模でなくとも、国を焼き払うくらいはできるのでしょう」

「いや、だが……たかが一国をわざわざ神が、こんな手間をかける意味があるのか⁉」

カーライルは反論した。

そもそも神なら、回りくどいことをしなくとも、あっさり国を一つ滅ぼせるのではないか。

「できないのでしょう、お前には。お前の名を当ててやろうか。悪魔よ」

お前の名はトリトン。

天空の神が人を統べ、冥王の神が死者を統べる中で、人の命に関われぬ無能な神がお前でしょう。

王妃スカーレットは真っ直ぐに、自分を見下ろす大男を指さした。

終幕　エルフの夫婦は、その後いつまでも幸せに暮らしました

大きくなった腹をゆっくりと撫でながら、イヴェッタ・シェイク・スピアは息をつく。長椅子に寝そべっていた体を起こし、ふわふわとした頭で今の時間を確認するために時計に目をやった。

肩口で切り揃えられた黒い髪に、柔らかな真っ白い服。王妃というよりは、箱庭で囲われている姫君のような儚い様子。

けれど瞬きを繰り返しているうちに、その菫色の瞳に意思がこもる。

この日当たりの良い場所に閉じ込められているのではなくて、自分で望んでそうしていると分かる気の強さが感じられた。

「私の留守中、何かありませんでしたか」

遠征から戻った国王ギュスタヴィアは、身重の妻を労わるように抱きしめ、黒い髪に顔を埋めた。

子供のための靴下を編む楽しみを奪われたイヴェッタは、ギュスタヴィアの留守中の出来事をあれこれ思い出してみて「特に変わったことはありませんでしたけど」と前置きを入れてか

ら、片手を頬に添える。

「そういえば、海王様がいらっしゃいましたよ」

「あの引きこもりが」

「えぇ。ここは神々が見ることができない場所ですのに、空を見て何かお芝居をされたり、美食の神、だなんて名乗られたりされていました。お暇なんでしょうね」

「あの引きこもりがあなたに会いにわざわざ？」

「どちらかといえばカーライルさんの用事でしたけど」

「誰です？」

カーライルのことをギュスタヴィアは記憶していないらしかった。結婚の祝いを送ってくれたり、エルザードが唯一まともに国交をしている人間の国なはずだが、ギュスタヴィアには興味がないようだ。

「わたくしの友人です。わたくしの性格が悪すぎてお妃には絶対にしたくない、って心から思っていらっしゃる方ですのよ」

「無礼な男ですね。国ごと焼きますか？」

ギュスタヴィアは不機嫌そうに言うが、カーライルがイヴェッタにお妃になってほしいと思いでもしたら、ここで口に出さずにすぐに国を焼きに行っている。なので回答としてはこれで

良い。

「その後に冥王様がいらっしゃって、」

「この国にか？」

「俺を見るなよ陛下!!　俺の結界はちゃんと機能してます～！　冥王がおかしいんだ!!」

神々が入り込めるようにはできていないはずだが、手抜きでもしたのかと責めるギュスタヴィアの眼差しに、宮廷魔術師のロッシェは慌てて首を振った。

「冥王様はしっかりと、それはもうがっつり、お力を削がれていましたよ」

「というと」

「これくらいの小さな男の子になっていました。あまりに愛らしいので半ズボンを履いて、カラバさんと追いかけっこなどしていただきたくなったのですが……その楽しみは自分の子供に取っておくとしましょう」

「そうしてください」

ギュスタヴィアがぶすっとしながらも、ハデスに喧嘩を売りに行くことはなさそうだったのでイヴェッタは話を続ける。

「冥王様がおっしゃるには、海王様はスカーレット様……ルイーダの王妃様が欲しかったのですって。けれどスカーレット様はルイーダが大切でしょう？　何よりも大切にされている国が邪魔だけれど、ルイーダはわたくしの生まれた国ですし……冥王様のお力もあって、海王様の一存で簡単に更地にはできないそうなんです」

それで海王トリトンは、ある実験をすることを提案した。

神々の悲願というものは、そもそも世界を滅ぼして自分たちも滅びることだ。しかし、その願いは、イヴェッタがギュスタヴィアの妻となり、憤怒の竜になるのを拒絶したことで頓挫している。

冥王ハデスはイヴェッタの身代わり、切り花の代わりに徒花としてマリエラ・メイを用意したが、イヴェッタがギュスタヴィアのもとにいる限りマリエラも竜にはならない。

「人に罪を告白させて、それを七つの大罪に当てはめて、竜の卵を疑似的に作るのですって。わたくしが竜になりかけた時に……過去を振り返りながら、ガラスの棺で眠っていたと思うのですけれど……あれを行ったそうですよ」

料理を献上させるという名目で、過去を覗き込み、告解させる。

「暇神だからこそできる実験ですね」

「ええ、そうですね。それで、わたくしのお友達のカーライルさんが巻き込まれました。誰でも良かったそうなので、カーライルさんは本当にお気の毒ですね」

ちっともそう思っていないイヴェッタだったが、言葉の上ではそのように同情しているような声を出す。

「スカーレット様の溜飲が下がるように、わたくしの家族や関係者が多く棺に納められたようです」

「おや、それはそれは……良いのですか？」

「罪の告白が必要だったのなら、皆にはかえって良かったのかと思います」

にこにこと、イヴェッタは微笑む。

冥王ハデスが知らせた中には、イヴェッタの家族どころか、ウィリアムの姉のカッサンドラの名もあった。あの静かな美しい女性にも、付け込まれるほどの罪の意識があったのかと驚いた。

イヴェッタは両手を胸の前で合わせる。

「スカーレット様もお気の毒に」

「おや、貴方はあの国の王妃を嫌っていたのではないのですか」

「わたくしはスカーレット様を心から敬愛していますよ、ギュスタヴィア様」

間違いなくあちらは自分のことを嫌っているだろうが、イヴェッタはそんなことはどうでもよかった。

王妃スカーレット。

直接お会いすることこそ少なかった。けれど、きっといつも何かに怒っていらっしゃる方なのだろうと思っていた。

怒れる人がイヴェッタには羨ましい。マリエラのことも好きだった。メロディナのことも好きだった。

けれど、そういう人は死んでしまう。

怒って、怒鳴って、何もかもを憎んで恨んで燃やして、その灰を吸い込んで苦しみ、死んでしまう。

七つの棺がルイーダで作られて、そして、国が滅んだら海神は「これでスカーレットはもう二度と、国のために心を削ることはないな」これが救いだと、そのように笑うつもりだったのだろう。

言ってしまえば本気で、海神はスカーレットを救う気でいるのだ。

神の救いが人の求める形と異なるというのは常のこと。

外伝　旧時代の神、残滓トリトン

物事の何もかも、言ってしまえばこの世界のすべてが茶番であると、そのように。海の神の座についているトリトンは知っていて、そして世に飽いていた。

何しろ、この世界の何もかもが、すでにどうなるのか決まっている。機織り女が頭の中に描いた通りに模様が浮かび上がってくるように、そうして織られた絨毯がどれほど見事であっても、最終的には朽ちて消えるように。

この世界は滅びることが決まっているのだ。


遠い遠い昔のこと。

まだ空に神が存在していた頃のこと。天空は美しかった。宝石が空に散りばめられて、その一つ一つに神がいた。

トリトンは偉大な海の神に抱かれながら、空を見上げて、海の神が一つ一つ告げる神の名を聞いていた。

その世は滅んだ。壊れた。空がひび割れて、世界は砕けた。

どこかからかやってきた来訪者。

黒い髪に丸い道具を顔につけていた。一見すると、神々が作り出したエルフたちに似ている。けれど耳が短かった。美しいと人に思われるような姿かたちではなくて、腕に何か大事に抱えていた。人の頭のようだった。

その少年は神になった。

トリトンの世界の神々を砕いた。作り出していた世界を踏み潰した。そうして、今の世界の土台を作り始めた。

パンでも作るように、神々を潰して捏ねて、焼いた。抵抗した神々の亡骸は山になり、陸になり、海になった。

元の世界の残骸の上に、神々の死骸が並べられ、覆われた。

「何人かは、残しておかないと。何人かは、必要だ」

黒い髪の神は、そう言った。やり方を知っている者がいると、そう言った。

やり方。創成、ではない。運営の仕方。

トリトンがその一人に選ばれた。海の神として、選ばれた。海の神は存在していたが、滅ぼされた。黒い髪の神いわく、口うるさい、傲慢だ、などと言われて、滅ぼされた。

海の神は自分が滅びるその間際に、力を振り絞ってトリトンを生み出した。口から吐き出された肉の塊を、黒い髪の神は見下ろして「じゃあこれを使おう。お前が海の神だ」と、そう定めた。

多くの神々が滅ぼされていく中。生き残ったのはトリトンと、ハデスだった。

空からの侵略者は、黒い髪の神は世界を作り、そこに生き物や国を作った。

どういう法則性があるのかわからないが。

「海の神と言えばトリトンだろう」と言ったり。

「アフロ……何だったたっけ。アルフヴィーナスだったたっけ……分からん」

などと言って、愛の女神をつけた。

自分で考えたというよりは、知っている情報の組み合わせのような、そんな様子だった。名をつけられ、傍に置かれてトリトンは、この黒い髪の神には自分の生まれた世界があって、そこにも神が存在したのではないかと、そんなことを考えた。

黒い髪の神は何かの再現をしているようだった。世界を作っては、あっさり滅ぼす。作り直していく。砂遊びのように、そのたびに、作られた神々が捏ねられて焼かれて、灰になって世界にまかれた。

効率よく世界をやり直しするために、七体の竜が作られた。

イヴェッタ。という名の竜が生まれることが決まった。この世界の神々は喜んだ。世界が滅ぶと決まると、作られた神々は歓喜した。トリトンには分からない。作られた神々は、自分たちの世界は「代替品にはならなかった」「自分たちだけの世界だった」と、歓声を上げながら滅んでいく。

生まれてくる、世界を滅ぼすための竜。神々に愛されることが決まっている存在。それを産む女も、居場所も決まっていた。

筋書。物語。何もかも、決まっていた。

父親に苦しめられ心に傷を抱えた美しい金髪の青年が、田舎から王都にやってきた美しい黒い髪に菫色の瞳の麗しい少女に恋をする。そうして恋に落ちて、生まれる乙女が竜になる。

海の上が騒がしい。

華やかな音楽と光と、着飾った人間たちが船の上で浮かれていた。お祭り騒ぎ、というものだ。トリトンももう何度も目にしていた。人間たちが集まって、騒ぎ立てている。

トリトンの仕事も決まっていた。海を大きく揺らして、船をひっくり返す。そのまま嵐を起こして、金の髪の王子を攫う。少し離れた小島で、浜で朝の散歩をしていた少女の前に打ち上げて、少女に王子の命の恩人にさせる。

そういう神の定め。そういう物語なんだ、ありきたりな物語だけど、と、トリトンは黒い髪の神が呟いているのを聞いた。

トリトンには何のことか分からない。だがとにかく、役目はあった。嵐を起こして、海を荒らして、船を沈める。乗っていた他の人間は運が良ければ生き残るが、彼らは生きていても死んでいても、どうでもよい者だと神は言った。

海で溺れた王子は、自分を見つけて介抱してくれた少女に恋をする。

そういうわけで、トリトンはじっと待っていた。何が楽しいのかわからない。笑い声を聞きながら、今か今かと、いつでいいんだと待っていた。

けれどそこで、じっと、海を睨みつけるようにしている少女を目にした。

燃えるような強い感情を向けている。海に、トリトンに、ではない。何か思い詰めて、じっとしていられないのに、じっとしているしかないようなじれったさを、小さな体の中に秘めているようだった。

人の作り出す明かりに輝く、黄金の髪の美しい少女。顔はそれほどでもない。美しいというのなら、トリトンは美と愛の女神と定められたアロフヴィーナが最もであると知っている。

しかし、目に見える美しさはそれほどでもないというのに、曲がりなりにも神であるトリトンの目には、その金の髪の少女は「美しく」見えた。

妙に目が離せなくなる。

このまま船をひっくり返せば、この少女も巻き込まれる。それはいいのだが、その黄金の髪の少女は海の藻屑になっていい命ではなかった。彼女は少ししてこの場所を離れる。船から降りる。それが決まっていたことをトリトンは思い出す。

船をひっくり返すタイミングというのは、この少女が船から離れてからだった。そう決まっている。彼女はここで死なない。死んではならない。つまり、他に死に方が決まっているからだ。

しかしこの少女、王妃になりたいと切望していた。いや、王妃になるべきだと、なるのは自分だと信じている。

自分こそが相応しく、それ以外はあり得てはならないとさえ思っている。

トリトンはその少女の思い込みを笑った。

少女は自分こそがこの国の不幸の全てを解決できると考えていた。愚かなことだ。この少女が王妃になったところで、この国が救われるわけがない。この国の不幸は、イヴェッタという竜が生まれるために必要な舞台だ。

人が自分たちではどうしようもない災害に襲われ続け、理不尽な暴力にさらされ続け、悲しみと苦しみ以外の感情を持つことを忘れるほどに落とされれば、そこに一滴落ちる神々の奇跡がよく沁みる。

つまり少女の使命感、義務感、待望、ある種の思い上がりは、喜劇の要素なのだ。

仮に少女が王妃になれば、この国は竜となる乙女を王女として生み出すことができなくなる。

神々に愛される乙女の揺り籠が、この国で最も高貴な場所ではなくなる。

しかしそんなことを知らない少女は、自分こそが救国の王妃であると確信している。

トリトンは腹を抱えて笑った。海の中に封じられて、これほど笑ったことはなかった。

どうせこの世界は滅びる。どうせ茶番の繰り返し。

であれば、この少女が、王妃の座に自分がつけば、この国の全ての苦難と苦痛を解決できるのだと、それほど思い上がれているのであれば、叶えてやろうとそう思った。

それにもしかすると、神の乙女を産む女は誰でもいいのかもしれない。それなら、王妃になった少女が神に愛される乙女を産んだのなら、それはそれで、救国の王妃としての彼女の願いは叶うだろう。


しかし、そうはならなかった。

金の髪の少女が生んだ最初の子供は女だった。乙女、ではあった。だが、神に愛される切り花ではなかった。

ただの人間の娘で、神々は見向きもしなかった。変わり者の太陽の神が少し興味を示したが、別段、強い執着心を向けるほどではなかったようだ。

つまり、この国の王室に神の切り花になる乙女は生まれない。それが確定した。本来、生まれるはずだった年に生まれなかった。

この国の苦しみが長引いたが、そんなことを少女は知らなかった。トリトンは必死に、国を良くしようと、産褥（さんじょく）でも必死に思考する少女を眺めて笑っていた。お前のせいで国が救われていないのに、救おうと足掻（あが）いているのは無様だった。

国のために何もかも捧げることができるほど、決意の強い少女であるが、唯一王妃の座に執着したがために、お前は魔女かと、そんなことをいつか言ってやろうとトリトンは眺めていた。

しかし、眺めていると段々、別の感情が生まれてきた。


イヴェッタが生まれた。

憤怒の竜の卵。

黒い髪に菫色の瞳の、美しい子供が生まれた。

トルステ・スピアの胎の中にいるうちから、浮かれた神々が春の祭りのように祝福を授けた。

荒れた大地が実り豊かに。毒の流れた川の水は清（す）み、底には水晶が輝いた。

天候は穏やかに。人の病は神に祈りを捧げるだけで回復した。生まれを待ち望む前祝い。誰もが、これから生まれる子供が特別であると理解できるように。

金の髪の少女の嘆きは深かった。

あまりに少女が苛烈に吠えるので、あまりに少女が悲痛に叫ぶので。トリトンは心配になってきてしまった。

国を救いたいと、自分にはその能力があると、なのに何一つ変えられないと、国の命が削れていくのを賢い頭で実感するたびに、打ちのめされている姿を見てきた。

結果。何もできなかった結果が出ている。

それどころか、お前ではないのだと、金髪の少女は突きつけられた思いがしたことだろう。

事実、そうなのだ。

トリトンは泣く少女の瞳が涙で溺れてしまうのではないかと気になった。あまりに叫ぶ少女の喉が、張り裂けてしまうのではないかと気になった。

燃えるように、溢れる命の輝きをトリトンは見守った。

少女はこのまま自分を薪にして、燃え尽きてしまうのではないかと、そう思った。その時に、きっと彼女は誰かを道連れにするのだろう。

それは彼女の夫となった王子だろう。

トリトンは、その道連れの相手がなぜ自分では駄目なのだろうかと、疑問に思った。

かつて、トリトンを作った海の神がいた世界では、数多くの神々が、空からの侵略者に滅ぼされた。その時に自分は彼らに置いていかれた。共に滅びることができなかった。

この少女も、この女も、勝手に生きて勝手に死んでいくのだろうと、そう気づいた。

そうしてその時、トリトンに一つの感情が生まれた。


予定としては数年遅れたが、神からすれば一分ほどの差もない。そうして生まれたイヴェッタ・シェイク・スピア。本来イヴェッタ王女と呼ばれるはずだった乙女は地方貴族の娘として育つことになった。

産んだトルステという女は、放っておけば消えてしまいそうなほど、ぼんやりとしていて存在感のない女だった。いつもにこにこと微笑んでいて、敵意がない。

トリトンの金髪の少女とは真逆だった。誰かを睨んだこともなく、何かを強く思うこともない大人しい女だった。

自分が王妃になる運命だったことなど考えもしないで、知ったとしても、それが奪われたことに何の感情も抱かないだろう、ぼうっとした女。

王妃には向いていないとトリトンは思った。

あまりにも争いごとに向いていない。王妃になったとして、トリトンの金の髪の少女のような働きはできなかっただろう。

もちろん、トルステは王妃になったとしても、金の髪の少女のような王妃になる必要はなかった。トルステはただ黙ってにこにことしていれば良い王妃になっただろう。何に関心を示さず、王となった金の髪の王子の傍にいて、相手の言葉に頷いてさえいれば、いずれ神の切り花を産んだのだ。

金の髪の少女のように、救えない命に泣く必要も、自分の力が足りなかったのだと、自責の念から眠れなくなり、血を吐き苦しむ必要もない。

ただイヴェッタを産めば、国が、世界中が、トルステを尊敬しただろう。そういう王妃になったのだろう。

神に愛された乙女が地方で生まれ、金の髪の少女は絶望した。

どんどん表情が険しくなり、常に誰かを憎んでいるような印象を与えた。

瞳から、命の輝きが消えた。ただ憎み、自分の幸福を奪った相手がいると、その存在を不幸にしなければ死んでも死にきれないという顔をするようになった。

トリトンは思った。

彼女を苦しめるこの国を、彼女のために滅ぼしてやらなければならない。

そしてそれができるのは自分だけだ、と。

番外　もしも例のお茶会で公子が亡くなっていなかったら？

「イヴェッタ・シェイク・スピア！　お前との婚約は今日限りで解消させてもらうぞ!!」

　卒業式後の記念パーティーにて、会場に集まった紳士淑女の皆々様を前に堂々とのたまうのは、煌びやかな黄金の髪に、青みがかった緑の瞳の美しい青年。この国の第三王子ウィリアム殿下に他ならない。

「……婚約破棄」

　その王子殿下にびしっ、と名指しされたのは、黒い髪を頭の後ろで高く結い上げた、すらっとした細身の令嬢。卒業式後のこのパーティーでは家紋入りの礼装、あるいは卒業後の進路先の正装を纏うのが通例で、この令嬢は騎士の装いをしていた。

　華やかなドレスを纏う令嬢たちの中で、その姿は凛とした百合の花の如き美しさがあった。事実一際目を引くその令嬢は、王子に名指しされるまで、頬を染めた多くの令嬢たちに囲まれ、その姿をもてはやされる人気っぷりであった。

「わたくしに何か、不手際がございましたでしょうか」

「うっ……」

感情の読めない菫色の瞳がウィリアムに向けられる。

たじっ、とウィリアムは怯みかける、が、その頼りない青年の腕にそっと触れる柔らかな手。

「ウィル」

親し気に、公の場で第三王子の愛称を口にするのは、柔らかな栗毛に、ピンクゴールドのひらひらとしたドレスを纏った御令嬢。

「う、うむ。コホン、イヴェッタ。つ、つまり……こういうことなんだ」

「こういうこと？」

「ぼ、僕……ゴホン、私には他に愛する女性がいる！　真実の愛を見つけたんだ！　それはこの、マリエラ・キファナ公爵令嬢だ！　だからお前とは結婚できない!!」

ジャーン、と、効果音でも付きそうな勢いで、堂々と王子殿下が紹介されるのは、ルイーダ国に九つしかない公爵家の御令嬢。

同学年で、王子殿下と同じく生徒会に所属する才女。生まれであれば、この場に集まった令嬢たちの中で最も身分が高い人物である。

「えっ……キファナ公爵令嬢？」

「……確かに、在学中、殿下とは親しくされていたご様子でしたけど……」

「でも、だからって……」

「ねぇ？」

「イヴェッタさんに何の不満がありますの？」

イヴェッタの周りに集まった令嬢たちは、扇で口元を隠しつつ、ひそひそと呟く。

「殿下」

「な、何だ！」

「つまり……それは、例えば……わたくしが、キファナ公爵令嬢に何か……嫉妬心から器物破損や異物混入などの犯罪行為を犯し、婚約者としての資格がない、というゆえの、婚約破棄でしょうか？」

「は？　お前がそんなことするわけないだろ？　そもそもマリエラの方が爵位が上なんだし、伯爵家のお前が公爵家の人間に何かなんか、できるわけないじゃないか」

「殿下……」

イヴェッタの問いかけに、馬鹿正直に答えるウィリアム。イヴェッタは軽く額を押さえた。

ウィリアムの隣ではマリエラも「ウィル……」と片手で顔を覆い、天井を見上げている。

「いいか!?　つまり僕は、お前という婚約者がいながら、このマリエラ嬢の美しさと公爵家の権力に目が眩んだんだ！　ふふん、公爵家の令嬢を妻に迎えれば、僕も玉座を目指すことができるかもしれないからな！　さぁ、お前は今日この場で、僕に一方的に婚約解消されるんだ！

分かったか！」

第三王子ウィリアム殿下は、美顔王と称えられるテオ国王陛下譲りの美貌を持つ美しい青年だ。黙っていれば天使のように愛らしいお方が、得意げにフンスフンス、と鼻を鳴らし宣言されるお言葉。

イヴェッタ・シェイク・スピア伯爵令嬢は菫色の瞳を細め、一歩前に進み出た。

「殿下」

「なっ、何だ⁉」

「殿下が真実の愛を見つけられたこと、心よりお祝い申し上げます」

進み出たイヴェッタは、騎士の礼儀に則ったお辞儀をする。

「う、うむ！　これで、僕とお前は今後一切無関係だからな！　お前が何をしようと、王家は一切関知しないからな！　これからどこへなりと好きに、行けばいい！　王族に婚約破棄されたような女は、今後どこの貴族の息子だってもらってくれないだろう！　惨めな思いをする前に、国から去ったらどうだ⁉」

「つまり、出ていけ、とおっしゃられるのでしょうか？」

「っ、そ、そうだ！」

一方的に怒鳴りつけるウィリアム王子に、周囲の反応は冷ややかだった。

客観的に見て、つまり、第三王子は公爵令嬢に懸想して、貴族と王家の契約である婚約を感情から破棄する、ということ。

非は明らかにウィリアム王子の方にある……と。

「それで、この茶番、いつまで続けるんです？」

「へ？」

そのように思い込ませたいのだろう、というのは誰の目にも明らかだった。

「ちゃ、茶番?! な、何のことだ!? 僕は……いや、私は、本気で……」

「そちらの公爵令嬢を愛していらっしゃる、ということですか」

「そ、そうだ！」

「ではわたくしは死にます」

断言したウィリアムの言葉に、イヴェッタは菫色の瞳を細めると、剣を抜いた。ためらいもなく、その刃を自分の首元まで運び、すぐさま押し当てようとする。

「ばっ、ばかっ!!」

それを止めたのは、ウィリアムの悲鳴。なりふり構わずに駆け寄り、イヴェッタの手首を掴むと、その剣を捨てさせた。

「何してるんだよ！」

「……それはこちらの台詞ですが、殿下。王族に捨てられた惨めな令嬢の最期など決まっているでしょう。生き恥を晒すくらいならば、潔く死を賜りますようお願い申し上げます」

「ばか！　お前はそんなやつじゃないだろ！　この国にいられなくなったんなら、冒険者になればいいじゃないか！　お前、ずっと冒険者になりたいって、言ってたじゃないか！」

勢い込んで、二人はその場に座り込んだ。イヴェッタの両手首を掴み、怒鳴っていたウィリアムは「何でこうなるんだよ！」と、自分の思い通りにいかず、ついには泣き出した。

「うぐっ……うっ……何で、だよ！　死ぬなんて、言うなよぉ……ばか！」

めそめそと泣く王子殿下を見守る周囲の目は冷ややか……というより、手のかかる弟か何かを見るように温かい眼差しである。

というより、「全くもう、ウィル殿下は今日も困ったお方だなぁ」という、目線。

◆◇◆◇◆

さて、それもそのはず。この、本日卒業式を迎えたこの最終学年の面々。在学中ずっとこの、ウィリアム王子殿下とイヴェッタ・シェイク・スピア伯爵令嬢の恋路を見守り続けてきた。

王位継承第六位の第三王子殿下ウィリアム。顔立ちは美しく、傲慢そうな印象を受けるが、実際は涙もろく感情的。成績は中の上という程度で、努力家だが有能ではない。

魔術が暴走すれば大騒ぎし、冷静な対処はできない。

しかし、他人の不幸を自分のことのように悲しみ悩み、他人の幸福を我がことのように喜ぶ美徳の持ち主で、学友たちからは愛されていた。

陰で密かに呼ばれる名は〝我らが愛すべきポンコツ王子ウィル殿下〟である。不敬だが、親愛を込めてのもの。

そのウィリアム王子殿下の婚約者であるイヴェッタ・シェイク・スピア伯爵令嬢。

小柄ながら真っ直ぐに伸びた背筋の美しい令嬢。座学や魔法、魔術、更には剣術と体術の成績が常にトップという才媛。家柄こそ伯爵家と、王家に迎えられるにしてはやや不足だが、稀有（けう）な神官の素質を持って生まれた。

神殿と王家の微妙な力関係で、王族の妻となったイヴェッタが神殿の神官となることで橋渡しの役目を、ということで結ばれたこの婚約。

学友たちは当初こそ「あまりに釣り合わない関係なんじゃないか」と眉を顰めていたが、少しして誰もが気付く。

我らがポンコツ王子殿下は、どうも、どうにも、何を考えているのか分からない菫色の瞳の御令嬢に、心底惚れていらっしゃるご様子だ、と。

「何でだよ……ばか……お前は、僕と婚約さえしてなければ、何にだって、なれるじゃないか……ッ、だから、僕は……！」

「だから、ご自分がアホの王子だと周囲に判断されても構わないので、わたくしとの婚約を解消しようとした、のですね？」

「だってそうするしかないじゃないか！　父上はお前のことお気に入りだし、おじいさまだって！　こんなことでもしないと、お前は……！」

ベソベソと、大粒の涙に鼻水まで垂れ流しながらも美貌の青年は美しい。世は不公平である。ウェーン、と項垂れ、情けなく泣く婚約者の肩をイヴェッタはポンポンとあやすように叩いた。

「マリエラ嬢まで巻き込んで……全く、殿下」

「あ、それは大丈夫ですわ。スピア伯爵令嬢。わたくしも乗り気でしたの」

「……変わった方、とは聞いていましたが」

「だって、わたくしだって、こうでもしないと……ほら、国王陛下のお気に入りの伯爵令嬢を蹴落とした悪女っていう評判が立てば、勘当されるかなぁって」

最も身分の高い貴族令嬢であるはずのマリエラは、貴族をやめて庶民のように生活したがっている、という噂をイヴェッタも聞いたことがある。あれは本気だったようだ。

「あはは、失敗しちゃったわね、ウィル。残念だけど、これまでよ」

「ぐすっ……うぅ……ぼ、僕は……こんなことも、ちゃんと、できないのか……」

「さぁ殿下。これ以上は見世物になってしまいます」

もう十分見世物だが、それはさておき。イヴェッタはウィリアムの側近たちにウィリアムの身を任せた。グリム・クリムたちに伴われ、会場をあとにする殿下を見送り、二人の令嬢は軽く息をつく。

立ち上がった令嬢のうち、先に口を開いたのはマリエラだった。

「今、示しましたように。公爵家より除籍されることがわたくしの本意。つまり、父と兄……家門の思惑とは無関係……と、信じてくださいますか。スピア伯爵令嬢」

「……」

互いに視線は合わせない。在学中も特に親しくしていた様子はなく、周囲からもこれが二人の初対面ではないか、というような間柄。

イヴェッタはマリエラの言葉に目を細めた。元々マリエラは、自分と殿下より二つ下の生まれ。それが、殿下と同学年になるために出生日を改ざんし同学年にねじ込まれたことは、神殿側より聞いている。

「マリエラ・キファァナ公爵令嬢。殿下がご迷惑をおかけして申し訳ありませんでした」

「いいえ、楽しいお芝居でしたわ」

内心の考えは表に出さず、二人の令嬢は向かい合い、互いに美しいお辞儀を交わした。

「さぁ、殿下。もう泣くのはお止めください。わたくしは殿下の婚約者をやめるつもりはありませんよ」

「うぐっ、うっ……うぅっ、何でだよ……ばか……お前、ばかなんだから……」

「成績の話でしたら、わたくしの方がずっと上かと存じますが」

そういう話ではないのは分かっていてあえてイヴェッタが言うと、ウィリアムはますます泣き出した。

全く情けない、とはイヴェッタは思わない。泣き止め、と口で言いはしたものの、殿下が泣きたいのなら、全力で泣けばいいとも考えている。

(婚約破棄？　そんなこと、冗談じゃない)

会場での言葉を思い出し、すぅっと、頭が冷えた。

あの場ですぐに「あ、これは茶番か」と思い至ったけれど、その数秒間、イヴェッタはウィリアムの傍にいるマリエラの首を落とし、公爵家をどう滅ぼしてやろうかと、そんなことを考えたものだ。

いや、今でも考えてはいるが。

周囲は「ウィル殿下はイヴェッタ嬢にべた惚れだなぁ」と呆れているが、イヴェッタからすれば「わたくしの方がずっと、殿下をお慕いしています」と思っている。実際、口に出してもいるのだが、笑顔を浮かべることが苦手な自分の言葉は、どうにも真剣に受け取ってもらえない。

「殿下。わたくしは、殿下の妻になることを望んでいるのですよ」

「ぐすっ……それは、おじいさまたちが、お前にそう望んだからだろ……」

「最初はそうでしたが……あぁ、殿下、そんなに目を擦らないでください。真っ赤になって腫れてしまいますよ。――わたくしは、あのお茶会で、わたくしを庇ってくださった時から、殿下が好きなのですよ」

涙でぐちゃぐちゃになったウィリアムの顔をそっとハンカチで拭い、イヴェッタはその瞼に口づけた。途端に真っ赤になる顔が愛しくて、普段「何を考えているのか分からない」と他人に怯えられる表情しか浮かべない令嬢は、破顔する。

(貴方は、覚えていらっしゃるでしょうか)

もう10年以上昔のこと。

イヴェッタは伯爵令嬢で、領地から出たことがなかった。けれど、第三王子との婚約が決まり、初めてお会いすることになった、先代国王主催のお茶会。その場で。

イヴェッタはキファナ公爵家の嫡男と口論になった。

公爵家の男児。家門は第一王子を推している。将来有望、そして国内最大の財力を持つ家柄の公子は、その場の子息令嬢たちの中心的な人物だった。

そこに現れたイヴェッタ。伯爵家の令嬢。公子はイヴェッタを気に入り、あれこれとちょっかいをかけてきた。

しがない伯爵家の娘と、巨大な力を持つ公爵家の息子。イヴェッタは公子の言葉に従い、何でも思い通りにさせてあげなければならなかったのだが、そうはしなかった。公子が反発し、伯爵家を侮辱する言葉を吐きながら、イヴェッタに手を上げた瞬間。

イヴェッタは「呪われてしまえ」とそのように思ったけれど、それが言葉になる前に、殴られるはずだったイヴェッタの代わりに、ウィリアムが飛び込んできて、代わりに殴られた。

公子は、母親の身分が低く、父親テオに見向きもされない第三王子を詰る。王族よりも力を持っていた公爵家であるから、息子の傲慢さは仕方のないことではあった。

ウィリアムはイヴェッタの手を引いて、その場から逃げ出した。二人は王族のみが入ることを許されている温室に逃げ延びて、そこで、ウィリアムはただひたすら、イヴェッタを案じたのだ。

『大丈夫？　ひどいことを言われていたから……気にすることない、って言いたいけど……でも、ここならあいつは追ってこれないから』

『私より、貴方のことよ。ぶたれたじゃない。どうして？　私は、あの子にぶたれるくらい、なんてことないのよ。鍛えてるもの。私、剣を使うのがすっごく上手いの。だからあの子のことだって、やっつけられたわ』

頬を赤く腫らしたウィリアムに、イヴェッタはただただ困惑した。

『そっかぁ。すごいね。ぼく、剣とか……勉強も苦手で。きみは、すごいなぁ。でも、平気さ、殴られたら、痛いじゃないか。きみが、あんなやつのせいで、痛い思いをすることはないよ。それに、ぼくはね』

『？』

『その……ぼくは、えぇっと、あのね。驚かないで、聞いてほしいんだけど……きみは、ぼくのお嫁さんになる子だから。その、ぼく……きみを、守らなきゃって、そう思って。余計なことをして、ごめんなさい。きみは一人でも、きっとうまくやったんだろうけど』

そう、恥じ入るように言うウィリアムの横顔を見た瞬間、イヴェッタは自分がこの勇敢な少年の婚約者であることは、世界で一番幸福なことだと感じた。

「失敗した⁉　あの馬鹿王子、怖気づいたのか⁉」

「いえ、父上……どうやら、スピア伯爵令嬢が、婚約破棄と言われても全く動じなかったのが原因のようで……」

「だったら何だ⁉　仮にも王子なんだから貫き通せ！　何のための身分だと思ってる⁉　全く……役立たずにもほどがあるぞ⁉」

その日の夜。

貴族邸の並ぶ一等地の、一際大きなお屋敷の一室で、顔を真っ赤にし怒鳴るのは、この国で最も影響力を持つ公爵家の当主殿。

キファナ公爵。

伯父は現皇后スカーレットの父であるゼクト侯爵。長子は第一王子の側近で、ゆくゆくは宰相である公爵の跡を継ぐ有能さを示している。

さてこの公爵。この度、娘を使って第三王子を唆した。無能で無価値な王子だが、婚約者はあのイヴェッタ・シェイク・スピア伯爵令嬢。彼女の価値は隠されているが、高位貴族であるキファナ公爵は当然承知している。

なぜ第三王子のような馬鹿に、あの高価な花を宛がったのか。

「あの馬鹿娘一人を切り捨てて馬鹿王子もろとも表舞台から引きずり降ろしてやろうとしたのに……！」

キファナ公爵家にとって、マリエラは汚点だった。顔も平凡、公爵令嬢としての自覚が薄く、使用人たちと親し気に言葉を交わす。身分の高い生まれだが、自由奔放すぎて未だに縁談が纏まらない。

「妹のしでかしたことに対して謝罪を、と……私がスピア伯爵令嬢に近づく予定でしたが。あの馬鹿な妹に大役は無理でしたね、父上」

高価な布張りのソファに座り、呆れるように肩を竦めるのは美貌の青年。公爵家の嫡男、次期宰相として名高い有能な若者。視線の一瞥のみでどんな御令嬢の心も射貫くと言われる公子は、本来なら今頃、パーティー会場を追い出されたスピア伯爵令嬢をその腕に抱いているはずだった、とがっかりしている。

「ですがまぁ、今回のことで、馬鹿王子は散々情けない醜態を晒してるんです。まともな女なら、あんなに頼りない男に自分を任せようだなんて思いませんよ。学園から出てしまえば、それこそ多くの男を目にするんです。それに、かえって今回のことが、殿下が望んでマリエラを巻き込んだ茶番だと思われたことで、良かったじゃありませんか」

「うん？　なぜだ？」

「馬鹿王子の無茶な要求を聞いた公爵家。家門の評価が下がろうと王族に尽くすことを選んだと、そのように評価されるでしょう？」

「なるほど……そうか、それならば……！」

「それならば、何です？」

二人しかいないはずの室内に、冷ややかな女の声が響いた。

はっとして、公爵と公子が窓の方に顔を向けると、いつの間に入室していたのか、バルコニーを背にして、騎士の装いをした令嬢が立っていた。

月夜に艶やかに輝く黒髪の美しい、イヴェッタ・シェイク・スピア伯爵令嬢。

「これはこれは御令嬢……一体、なぜそのようなところに？」

「突然、無礼ではないか」

「――殿下は本来、ご自分の願いのために他人を巻き込むようなことはなさいません。しかし、今回はマリエラさんをご自分の共犯者になさった。殿下が提案したとは思えません。つまり、誰かが、殿下に提案なさったのでしょう」

菫色の瞳をじぃっと公爵家の人間に向けて、伯爵令嬢は静かに言葉を続ける。

「……だったら、何だ？　たかだか伯爵家の小娘が、この私を、キファァナ公爵を断罪する、とでもいうのか？」

　フン、と公爵は勝ち誇る。

　この小娘が気付いたのは計算外だが、だからといって慌てることはない。表向きは、まるで権力のない第三王子の婚約者。ただ神殿との繋がりを持つために仕組まれた婚約と、そのような者。この国を支える宰相を断罪できるわけがない。

「えぇ、そうですね。わたくしにそのような権限はありません。そして、ウィリアム殿下も、たとえご自分が悪用されたとお気付きになられても、あの方はお許しになるでしょう」

　イヴェッタは脳裏にウィリアムの姿を思い浮かべた。あの優しい気質の婚約者は、他人が自分に向ける憎悪も嫌悪も何もかも「事情があるんだろう」と許してしまわれる。消費されるのが自分であるだけなら、構わないと思っていらっしゃるのだ。

　愛しい方だ。そんな方のお優しさが、自分を守ろうとしてくれていることが、イヴェッタには嬉しくて仕方ない。

　しかし。

「言わせましたね、あなた方。嘘でも、茶番でも、殿下にわたくしとの婚約を破棄すると、言わせましたね」

「だ、だったら何だ!?　それが、どうした!!」

「わたくしの心が深く傷付けられました。悲しいと、思いました。以上です」

そしてくるり、とイヴェッタは反転し、バルコニーから飛び降りた。身体能力の高い令嬢は、この程度の高さはものともしない。飛び降りた瞬間、公子が慌ててバルコニーの下を覗き込んだが、そこには黒衣の男性に抱き留められた令嬢が、もはやこちらを一瞥することもなく、去っていこうとしている。

「ま、待て……!!」

イヴェッタ、と、公子は欲する令嬢の名を吐こうとした。

しかし、口から次の瞬間溢れ出たのは、黒い泥のような血の塊。

「がっ、ごっ……」

崩れ落ちる体。公爵が息子に駆け寄ろうとして、その両足が腐り、二、三歩進んだところで床に転がった。全身の毛が抜け落ち、ボロボロと歯が抜けていく。穴という穴から血が溢れ出、二人の絶叫が屋敷内に響き渡った。

◆◇◆◇◆

「あぁ！　清々した！　イーサン、迎えに来てくれてありがとう。ねぇ、今頃、きっと二人は心から悔いているかしらね？」

「さぁ、どうでしょう」

「どっちでもいいんだけど。でも、わたくし、悲しくて悲しくて、そうすると、怒るしかないじゃない」

「そうですね」

イヴェッタの体を抱き上げて走るイーサンの表情は変わらない。ただ淡々と、嬉しそうに話す主人の言葉を聞いている。

ひとしきり笑って、イヴェッタはふぅ、と息をついた。

「嫌なことをされたり、傷付けられたら、怒って、報復するって、決めたの。ねぇ、イーサン、私、間違ってるかしら？」

「……お嬢様が決めたことなら、そうすべきでしょう」

「そうね。ありがとう。いつも助けてくれて」

従順な使用人は、イヴェッタを否定しない。

イヴェッタは袖を捲り、自分の左腕を確認した。真っ赤な鱗が、びっしりとその肌を覆っている。

これが何なのか分からない。けれどよくないものだろう。怒るたびに、増えていく。けれど、怒らずにはいられない。

「殿下はけして、怒ったりなさらないわ。何もかも許してしまわれる。ご自分の生まれ育ちのせいでしょうね。だから、わたくしが殿下の分まで怒ります」

目を伏せて、夢見るのはウィリアム王子との結婚式。自分は純白のドレスを着て、大神殿の祭壇へ進む。そこで待っていてくれる殿下はきっと、夢のように美しく、そして優しい微笑みを浮かべて、自分に手を伸ばしてくれるのだろう。

「出ていけ、と言われたって、出ていかないわ。わたくしの幸せは、殿下と一緒にいることだもの」

幸せな未来をイヴェッタは信じて疑わなかった。

この世界の彼女は国を飛び出して、不幸な冒険者姉弟が村人に利用され食い潰されるのを阻止することはない。

地下迷宮に埋まっているエルフの王族を救い出すこともしない。

なので、世界は10年後に滅びる。

けれど、それは仕方のないことだった。

神々はお互いに祝辞を述べながら滅びる世界に身を沈め、ただ一柱、冥界を統べる神だけはこの滅びの対象外であったので、いつまでもいつまでも消えずに残り続けた。

冥界の神は何もかもがなくなった世界で、ころん、ころん、とサイコロを転がし続ける。そのサイコロが止まるたびに、異なった世界が生まれ続けたけれど、冥界の神が望む世界は生まれなかった。

めでたしめでたし。

あとがき

本作をお手にとっていただきありがとうございました。枝豆ずんだでございます。

この本が世に出てるということは、私が原稿を頑張って仕上げられたということで、つきましては、新しい担当のYさんがどうにかこうにかうまいことしてくださったということでございますね。血を吐いていないかとても心配でございます。

読者の皆様お元気でしょうか?

前回最終巻と書きましたね。しかし、5巻が出ました。奇跡ですね。こういうこともあるんですね。ツギクルブックスさんありがとうございます。

4巻で終わったあと、もう1巻出せるんじゃないかという話になり、前担当のK女史が推してくださったとかなんとか、ありがたいことでございます。

それはそれとして、本当に締め切りに関しては申し訳ございませんでした。

予約された方はもしかしたらご存知かもしれませんが、さらっと発売日が1ヶ月延びております。私のせいでございます。大変申し訳ございませんでした。

今回は新しく担当がYさん代わりました。実はこれで私の担当さんは4人目でございますね。

初代Kさん、Sさん、K女史、そしてYさん……色々ご面倒をおかけしました。度々、お電話をする機会があったのですが、私は毎度床に座り頭をこすりつけておりました。

私は日中、会社勤めをしております。多くの企業がそうであるように残業がございまして、中々パソコンに向かう時間が取れませんでした、なので今回は音声入力というものを使い、このあとがきも音声入力で作っております。便利ですね。

帰宅途中、歩きながらこの文章を呟いている、怪しさに溢れております。

皆様はスレイヤーズという作品をご存知でしょうか？

私にとってはバイブルなのですが、その作家先生があとがきで例の代表的な呪文を考えたのは、会社の帰りの自転車をしゃこしゃこ漕ぎながらだったそうです。当時はなんとなく、それがいいなあという感じで記憶に残っていたのですが、今思うと時間がなかったんだな作者、と心から思います。

音声入力、とても便利なので物書きをされている方、おすすめです。

ツギクルブックスさんといえば、今作の他に「『飽きた』と書いて異世界に行けたけど、破滅した悪役令嬢の代役でした」という、悪役令嬢憑依モノの２巻を夏頃に出していただける予定でございます。

今作とはやや異なり、平凡なＯＬが非凡な悪役令嬢の名誉のためにバーサーカーモードで頑張る健気なお話です。なお、村は焼かれます。よろしくお願いいたします。

さて、今回、ドルツィアのカーライルさんが主役のような扱いになりましたが、このカーライルさんが活躍しましたのは、イラストレーターの緑川先生のおかげでございます。

元々はただの当て馬というか、イヴェッタさんの被害者枠でしかなかったカーライルさんですが、キャラクターデザインがとても好みでございまして、これはもう主役にするしかないと再登場となりました。

カーライルさんはウェブ版には登場しておりませんので、当然コミカライズにも出ないのが残念です。

私はとても好きです。皆さんも好きになっていただけるととても嬉しいです。


さて、最後になりますが、今作にてこちらの作品は本当に最終巻になります。これまで一緒に作品を追ってきてくださった読者の方々。

5巻の刊行を許可してくださいましたツギクルブックスの編集部の方々。

今まで本当にありがとうございました。

色々至らないところのあった作者ではございますが、このような機会をいただけて本当にありがとうございます。

それではまたどこかでお会いできれば、具体的には『飽きた』と書いて異世界に行けたけど

～の２巻のあとがきとかで、お会いできれば幸いです。

２０２４年２月13日　通勤途中の道にて、枝豆ずんだ

ツギクルAI分析結果

「出ていけ、と言われたので出ていきます5」のジャンル構成は、ファンタジーに続いて、SF、恋愛、歴史・時代、ミステリー、ホラー、現代文学、青春の順番に要素が多い結果となりました。

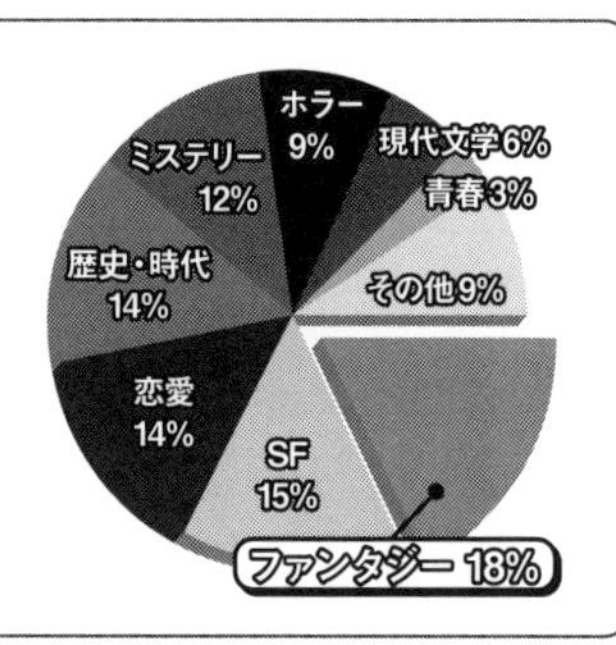

期間限定SS配信

「出ていけ、と言われたので出ていきます5」

右記のQRコードを読み込むと、「出ていけ、と言われたので出ていきます5」のスペシャルストーリーを楽しむことができます。ぜひアクセスしてください。

キャンペーン期間は2024年9月10日までとなっております。

プライベートダンジョン
～田舎暮らしとダンジョン素材の酒と飯～

著：じゃがバター
イラスト：しの

鶏に牛、魚介類などダンジョンは食材の宝庫！

シリーズ累計65万部

『異世界に転移したら山の中だった。反動で強さよりも快適さを選びました。』の著者、じゃがバター氏の最新作！

これぞ理想の田舎暮らし!?

ある日、家にダンジョンが出現。そこにいた聖獣に「ダンジョンに仇なす者を消し去るイレイサーの協力者になってほしい」とスカウトされる。ダンジョンに仇なす者もイレイサーも割とどうでもいいが、ドロップの傾向を選べるダンジョンは魅力的――。
これは、突然できた家のダンジョンを大いに利用しながら、美味しい飯のために奮闘する男の物語。

定価1,320円（本体1,200円＋税10%）　ISBN978-4-8156-2423-1

https://books.tugikuru.jp/

病床に伏せっている父親の断っての願いとあって、侯爵令嬢のエミリアは、カレン辺境伯の長男マティアスとの政略結婚を不本意ながら受け入れることにした。それから二人の結婚式が行われることになったが、夫となるマティアスは国境防衛のため結婚式に出ることができず、エミリアはマティアスの代理人と結婚式を挙げ、夫の領地であるヴァンロージアに赴くことに。望まぬ結婚とはいえ、エミリアは夫の留守を守る女主人、夫に代わって積極的に領地改革を進めたところ、予想外に改革が成功し、充実した日々を過ごしていた。しかし、そんなある日、顔も知らない夫がとうとう帰還してきた……。はたして、二人の関係は……？

定価1,430円（本体1,300円＋税10%）　ISBN978-4-8156-2525-2

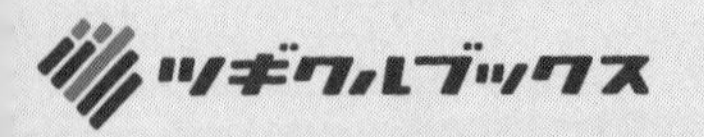

義妹に婚約者を奪われたので、
好きに
生きようと
思います。
著：ミズメ
イラスト：秋鹿ユギリ
義妹の様子がなんだかおかしい！
第11回
ネット小説大賞
早期受賞作品！
ラノベとかオシとか、
なにを言っているの？

なんでも私のものを欲しがる義妹に婚約者まで奪われた。
しかも、その婚約者も義妹のほうがいいと言うではないか。じゃあ、私は自由にさせてもらいます！
さあ結婚もなくなり、大好きな魔道具の開発をやりながら、自由気ままに過ごそうと思った翌日、
元凶である義妹の様子がなんだかおかしい。
ラノベとかスマホとオシとか、何を言ってるのかわからない。あんなに敵意剥き出しで、
思い通りにならないと駄々をこねる傍若無人な性格だったのに、どうしたのかしら？
もしかして、義妹は誰かと入れ替わったの!?

定価1,320円（本体1,200円＋税10％）　ISBN978-4-8156-2401-9

ツギクルブックス

https://books.tugikuru.jp/

ただ静かに
消え去るつもりでした
著 結城芙由奈
イラスト 椎名咲月
コミカライズ企画
も進行中！
美しい島で
人生をリセットします！

幼い頃からずっと好きだった幼馴染のセブラン。

私と彼は互いに両思いで、将来は必ず結婚するものだとばかり思っていた。

あの、義理の妹が現れるまでは……。

母が亡くなってからわずか二か月というのに、父は、愛人とその娘を我が家に迎え入れた。

義理の妹となったその娘フィオナは、すぐにセブランに目をつけ、やがて、彼とフィオナが
互いに惹かれ合っていく。けれど、私がいる限り二人が結ばれることはない。

だから私は静かにここから消え去ることにした。二人の幸せのために……。


定価1,320円（本体1,200円＋税10％）　ISBN978-4-8156-2400-2

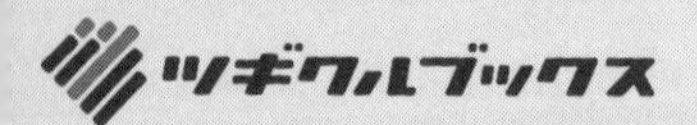

愛読者アンケートに回答してカバーイラストをダウンロード！

愛読者アンケートや本書に関するご意見、枝豆ずんだ先生、緑川　明先生へのファンレターは、下記のURLまたは右のQRコードよりアクセスしてください。

アンケートにご回答いただくとカバーイラストの画像データがダウンロードできますので、壁紙などでご使用ください。

https://books.tugikuru.jp/q/202403/deteike5.html

本書は、「小説家になろう」（https://syosetu.com/）に掲載された作品を加筆・改稿のうえ書籍化したものです。

出ていけ、と言われたので出ていきます5

2024年3月25日　初版第1刷発行

著者　枝豆ずんだ

発行人　宇草 亮
発行所　ツギクル株式会社
〒105-0001　東京都港区虎ノ門2-2-1
発売元　SBクリエイティブ株式会社
〒105-0001　東京都港区虎ノ門2-2-1

イラスト　緑川　明
装丁　株式会社エストール

印刷・製本　中央精版印刷株式会社

ISBN978-4-8156-2527-6
Printed in Japan